パライソの島

竹山和昭
Takeyama Kazuaki

風詠社

目次

第二章 …… 74

山川
三島村
竹島
黒島
硫黄島
東シナ海
種子島
口永良部島
十島村
屋久島
上陸地
臥蛇島
口之島
小臥蛇島
中之島
トカラ列島
平島
諏訪之瀬島
悪石島
小島
太平洋
小宝島
宝島
上ノ根島
横当島
奄美大島

日本海
渤海湾
鬱陵島
竹島
韓国
隠岐
対馬
大阪
黄
海
済州島
長崎
五島列島
上海
鹿児島
トカラ列島
臥
蛇
島
奄美大島
沖縄
台湾

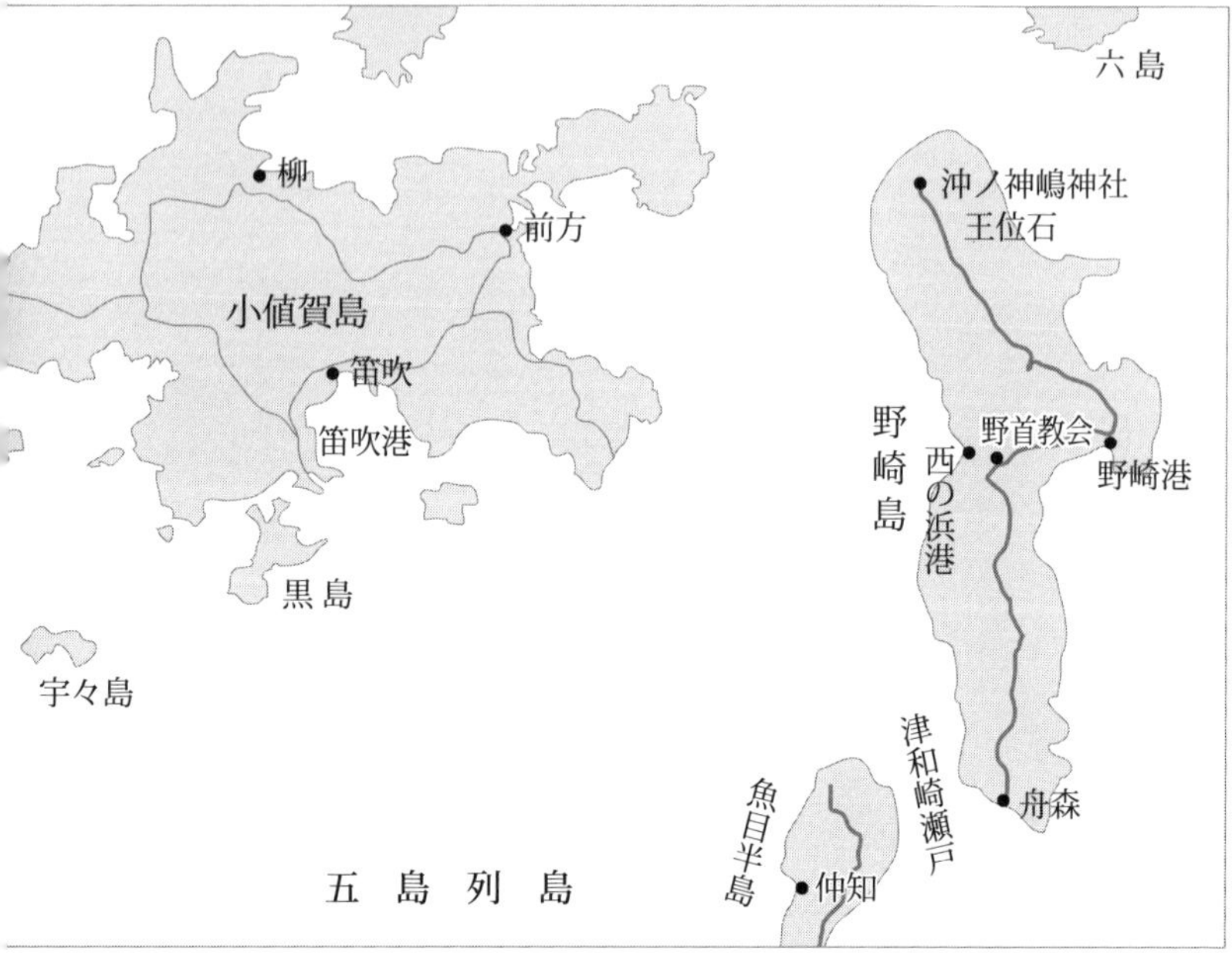
六島
柳
沖ノ神嶋神社
王位石
前方
小値賀島
笛吹
笛吹港
野崎島
西の浜港
野首教会
野崎港
黒島
宇々島
津和崎瀬戸
魚目半島
舟森
五島列島
仲知

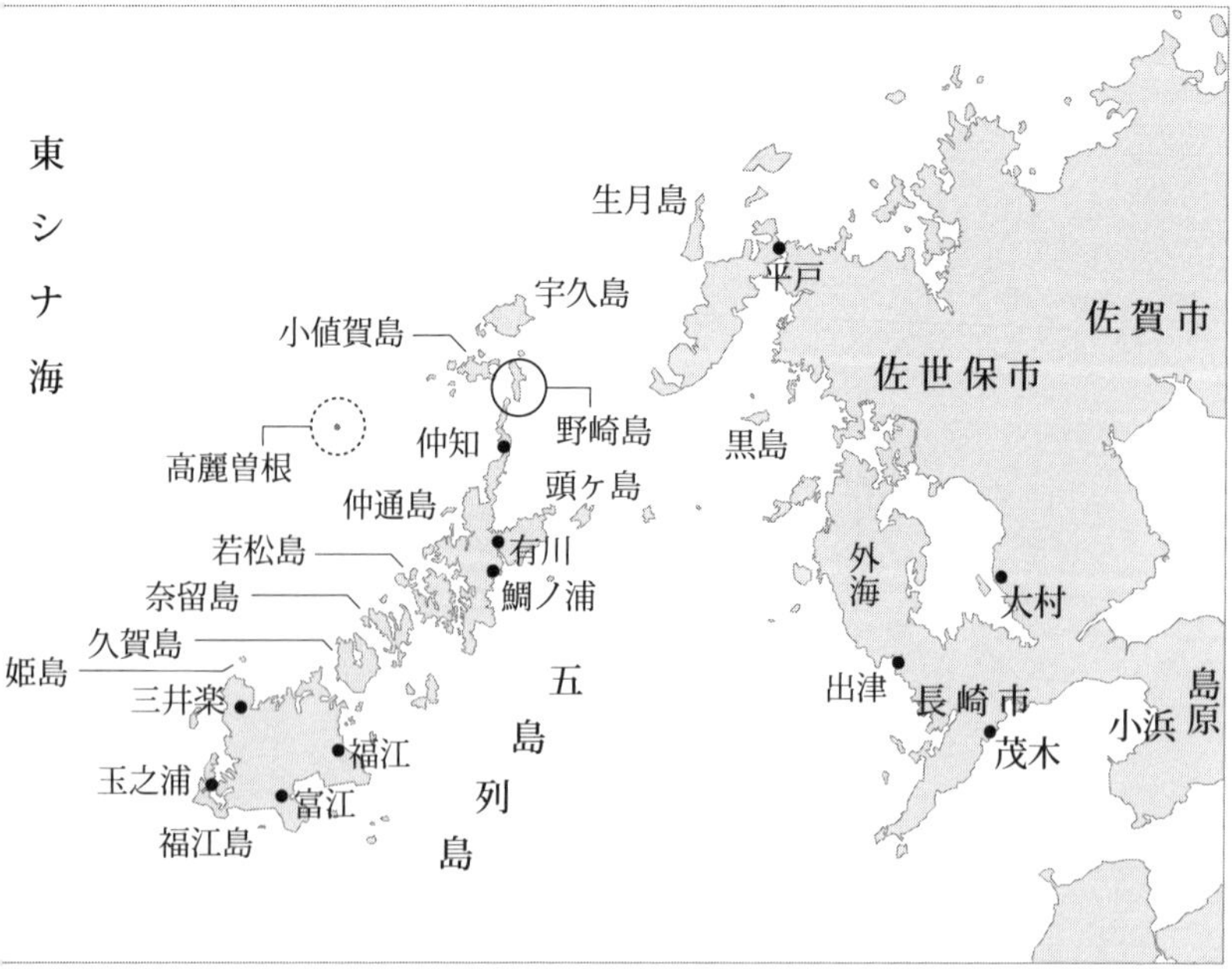
東シナ海
生月島
平戸
宇久島
佐賀市
小値賀島
佐世保市
野崎島
高麗曽根
仲知
黒島
頭ヶ島
仲通島
若松島
有川
鯛ノ浦
奈留島
外海
大村
久賀島
姫島
五島列島
三井楽
出津
長崎市
島原
小浜
福江
茂木
玉之浦
富江
福江島

パライソの島

プロローグ

野崎島行き

元号が「平成」から「令和」と代わった年の十月の初旬に、予てからの念願であった長崎県五島列島の突端に浮かぶ「小値賀島《おぢか》」の属島である「野崎島」に旅した。

野崎島は、平成三十年七月に「潜伏キリシタン関連遺産」として世界文化遺産に登録され、手つかずの自然が残る無人島である。

小値賀島の東方海上三キロメートルの沖合に細長く延びる島は、南北約六キロメートル、東西一・五キロメートル、周囲十五・六キロメートル、面積七・三平方キロメートルほどの比較的大きな島である。北から南へと標高三百五十メートルから三百メートルの急峻な尾根が続き、海岸から荒々しい急斜面となっている。平地は殆んどなく、港のある野崎地区にわずかばかりの平地がある。

古くから神道の聖地として知られる沖ノ神嶋神社（慶雲元年創建・西暦七〇四年）が鎮座しており、島そのものが東シナ海を航行する船の守り神と崇められてきた。神社の後背部には高さ二十四メートルの二列の巨大な石柱の上に八畳（横幅五・三メートル×奥行三・〇メートル）ほどの巨石が乗っかっており、その姿は鳥居の形に似て、「王位石《おえいし》」と呼ばれている。その形状は見る者を圧倒する。人の手によって造られたものなのか、自然に出来たものなのか今でも謎のままである。仮に人為的に作られた構造物であれば、いまから千三百年も前の飛鳥時代にどのような工法で地上二十四メートルの高さの巨大な二本の石柱の上に優に三十トン以上もあろうかと思われる大石を鳥居の形に組み合わせることができたのか想像がつかない。王位石のある場所は険しい山の七合目あたりで、傾斜四十五度はあろうかと思える急斜面地である。人の手で作られたのであれば、何千人もの作業員を要する難工事となるであろう。どうして、無人島であった野崎島に何千人もの作業員を集めることができたのか。それだけの大工事であれば当時の国家的事業であり、何らかの歴史的資料や伝承が残されているべきであるが、何一つ残されていない。ちなみに飛鳥時代の日本全体の人口は凡そ五百万人前後と言われている。そうなると、自然の造形により偶然出来上がったものと考えるしかないが、人為的な加工がされたような形跡や、石柱と石柱の間では磁場が狂うことも確認されており、いまだ多くの謎を秘めたままである。

さらに驚くことは、沖ノ神嶋神社帳という古文書に王位石と同じ形状をした巨石が沖ノ神嶋神社の北の海中にもう一基あるという記述があることである。

〈一基はこの山の海底にありて、大潮干潮上静かなるときに笠石の瀬が見える。常に知らずしてこの上を通るときは、たちまち変あり〉

つまり、島の北側の海中にもう一基の王位石があり、知らずして船でその上を通過すると禍《わざわい》があるとされ、また笠石の瀬の龍燈からは旧暦の大晦日の晩に御神火が現れて、山に登ると言い伝えられている。いずれにしても、野崎島は辺境の島であるがゆえに未だ知られざる日本古代文化が手つかずに残されたミステリアスな空間である。千三百年以上にわたって地震や風水害などの災害にもビクともせず、古代からの祭祀場の形状をそのまま伝えている。人智の及ばない王位石の威容は、古くから海上交通の要《かなめ》として信仰の対象として崇拝されてきた。江戸時代には平戸藩主の再三の代参があり、神道信仰者にとっては聖地そのものであった。

急峻な地形が大半を占める野崎島の中にあって、東部のわずかな平地にある野崎集落には古くから沖ノ神嶋神社を守るための社人だけが住んでいた。代々世襲の神主一家を「親《おや》家《け》」と敬い、強い絆で結ばれた社人集団で構成されていた。神官と社人だけで千年以上の長きにわたってこの島を守ってきた他に例を見ない特異な島である。

そんな島の歴史にあって、江戸時代の末期に長崎の外海《そとめ》地方から移住してきたキリシタンによって開かれた集落があった。急斜面にへばりつくように石垣で囲まれた家々と段々畑の跡が残っている。

　野崎島は神道の人々だけが住む野崎と新たな移住者である潜伏キリシタンの人々が住む野首《のくび》と舟森《ふなもり》の三つの集落からなっていた。

　しかし、長い間の人々の営みも経済の高度成長の流れには抗しきれず、昭和四十一年には舟森集落、さらには昭和四十六（一九七一）年には野首集落の集団移転により百七十年余り続いた野崎島のキリシタンの歴史に終止符が打たれた。島の最後の移住者は平成十三（二〇〇一）年に移転した親家の神主一家だった。

　今では定住する人もいなくなり、全島無人の島となってしまった。

　耕して天に届くような段々畑の跡や人々が日々の生活した住居が朽ち果てるまま打ち捨てられている。

　神道とキリスト教が共存した特異な文化的景観を残した島である。

　五島は私の生まれ故郷である。

　今回の帰省は、不思議な縁に導かれて出合った私と値賀子にとって、再び巡ってきた人生のハーモニーを奏でる旅でもある。

　茨城空港に車を預けて、早速機中の人となると隣のシートには、茨城国体で準優勝を果たした長崎海星高校野球部監督が一緒だった。

子供の頃、懸命に野球に打ち込んだ日々が望郷の念とともによみがえり、その日焼けしたたくましい若い監督のりりしい横顔を眺めているうちに早くも飛行機は福岡空港に着陸した。

「おい、福岡に着いたばい」

おもわず口から九州弁が出て、値賀子に向かって話しかけた。

「ここは九州じゃけん、腹ごしらえはチャンポンでよかね」

というなり、空港ロビーの一階にある長崎チャンポンの店を見つけると、そのまま奥の席を占拠した。

値賀子にとって、生まれて初めての九州である。茨城県の南部の町で生まれ育った値賀子にとって、東北方面への馴染みこそあれ「箱根の関」を越すことは今も昔も珍しいことであった。

「どがんじゃ、うまかじゃろが」

「東京で食べるチャンポンの味とは少し違うみたい。野菜や具が多くて、味も濃くておいしい」

「五島へ渡る船は真夜中の十一時半だ。それまで時間があるけんレンタカーを借りて太宰府天満宮までお参りに行きたかね。知っていると思うが太宰府天満宮は学問の神様で有名であるが、縁結びの神様でもあったとたい」

私は、値賀子が喜ぶであろうと思い、太宰府天満宮のお参りと福岡市内観光をすることにした。

「人生の幸せは晩年にあり」

還暦を過ぎた二人が、偶然の出会いから不思議な縁に導かれ、ともに晩年の豊かさと安らぎを求めて旅をしている。

その太宰府までの道のりは、昔と違って都市高速であっという間であった。思えば中学の修学旅行で来て以来だから、半世紀ぶりのお参りである。参道はきれいに整備され、数多くの土産物店が軒を並べていた。

大きな鳥居をくぐると本殿である。二人は恭しく拝礼し、長い時間その胸中の想いを神々に祈った。参拝を終えると太宰府土産で有名な「梅ヶ枝餅」を買い、再びレンタカーで福岡市内へと向かった。

高速道路から眺める福岡の町は、若い頃、出張で来た当時とすっかり変わって近代的なおしゃれな地方の大都市へと変貌していた。

昔の記憶を辿りながら百道浜から平和台さらには天神へと歩いてみたが、街並みがすっかり様変わりしてしまったことに驚いた。

「昔の博多の街じゃなか。これでは東京と何も変わらんばい」

高層ビルが立ち並ぶ天神の街並みを抜けて、昔の博多の香り求めて中州の屋台ラーメン屋を目指した。そこで川沿いの屋台に席を取り、名物の豚骨ラーメンに舌鼓を打った。

「やっぱり、ラーメンは細麺の豚骨に限るばい」

私は、ビールジョッキ二杯ほどですっかり上機嫌になっていた。

五島行きのフェリー「太古《たいこ》」の乗り場は博多港にあった。

事前に予約していたフェリーの客室に乗り込むと、夜も遅いせいか昼間の疲れがドッと襲ってきた。一方の値賀子は初めての船旅のせいかいくらか興奮気味で、屋上デッキに私を無理やり誘い出し、缶ビール片手に博多の夜景を気持ちよさそうに眺めていた。

やがて「ボォー」と出船の汽笛が鳴ると、一段とエンジンの音が高くなり、フェリーは静かに埠頭を離れ、月あかりに照らされたネオンの浮かぶ波静かな博多湾をすべるように一路五島に向けて動き出した。

一時間もすると周りは漆黒の闇に包まれ、船窓から漏れる明かりのみが海面を鈍く照らしていた。

エンジンの音で眠れないのではないかと心配していたが、個室の部屋は意外と静かで快適であった。聞くところによると一部の旅好きの間では、ゆっくりと五島の島々を巡りながら航海する太古丸は「海のブルートレイン」と呼ばれているとのことである。

目指す五島の小値賀島への到着時刻は朝方の五時三十分の予定だ。

浅い眠りの中でウトウトとしていると、最初の寄港地「宇久平港」に着いたとの館内放送が流れた。

横で寝ている値賀子に、あと三十分もすれば小値賀に着くとささやくと、起きていたのか慌ただしく身支度をはじめ下船の準備に取り掛かった。

船はゆっくりと宇久平港を離れ、そのまま南下してゆっくりと前進している。

下船の準備のため昇降口のデッキに行くと、島の人と思われる数人の乗客が眠そうな顔つきで佇んでいる。デッキの下には小値賀港の巨大な岸壁が朝もやの中にかすかに浮かんで見えた。

第一章

旧野首教会

「さあ、着いたよ。忘れ物はなかかね」

巨大なサーチライトに照らされた埠頭には、何人かの迎えの人たちが集まっていた。

朝早いためか、小値賀港の周辺は薄暗く、お店もシャッターを閉じていた。

仕方なく、ターミナルビル内にある休憩室でしばし仮眠することとした。

これから七時三十分発の町営渡海船「はまゆう」に乗り換え、目指す野崎島に行かなければならない。

短い仮眠を終え、ターミナルビル内の売店で軽い朝食を済ませ、野崎島での弁当と飲み物を買った。島は無人島のため売店や食堂の類はないのである。

フェリー埠頭から少し離れたところに渡海船の発着場はあった。すでに待合室には数人の観光客と思われる乗船客がいた。

小値賀島の中心は「笛吹」という町である。緩やかに南東に傾斜し、漁師町特有の人家が密集した街並みでコンパクトにまとまっているのが見えた。

島への上陸はチェックが厳しく、ＮＰＯ法人「おぢかアイランドツーリズム協会」の若者たちで運営されている。世界遺産登録で増え続ける観光客の対応と野崎島の手つかずの自然を大切にする地元の若者たちの熱意が感じられる。

乗客は我々二人を含めて十人ほどであった。定刻に港を出ると、高速で走るその小型船の船窓からは野崎島の急峻な西側斜面が眼前に迫ってきた。高い山の頂が圧倒的な迫力で迫ってくる。思った以上に険しく、荒々しい島の姿である。正面の山の中腹には沖ノ神嶋神社の御神体である王位石の巨大な石柱が二本そそり立っているのがはっきり見えた。船は高速で島の北端を回り込み、最初の寄港地六島（人口三人）の港に入った。誰も乗降する人はなく、船はすぐに出港して、野崎島の東斜面を右手に見ながら南下していった。やがて笛吹港を出て三十分程で島の東側に位置する小さな港に入港した。

こじんまりとした湾内は驚くほど透き通り、小さな魚の群れが泳いでいるのが分かる。野崎島の中心部である旧野崎集落への入り口が島の玄関口となっていた。

船から降りて島に上陸すると船のエンジン音以外の音は何も聞こえなかった。何ともいえない透明感と静寂が広がっている。都会の雑踏と溢れんばかりの騒音の中で長年暮らして来た身にとって、静謐だけが支配する空間はまるで映画の一シーンのように異次元の世界に思えた。

いたるところに廃屋が朽ちるに任せた状態で放置されていた。強風のためか大きくしなった木々の荒涼としたその姿に圧倒され、人間の営みのはかなさに一抹の寂寥感を覚えた。集落の背後には見事な石垣で囲われた荒れ果てた段々畑が山の中腹まで続いている。その段々畑の石垣の上では、数頭の野生鹿がまるで時間が止まったようにのんびりと草を食んでいた。

島には野生の鹿が凡そ四百頭ほど生息しているという。そのため低木の木々の多くは食い荒らされ、斜面地は一面芝に覆われているが、その頭数が多いのか、芝は食い荒らされ、むき出しの火山台地の赤い土がいたるところで見られた。

人の営みを感じさせる施設としては、小値賀町が島の保全と管理のために設置した「野崎島ビジターセンター」という観光客向けの休憩施設と明治二十九年に建築された沖ノ神嶋神社神官屋敷が一部復元されて往時の姿のままで残っている。平戸藩から扶持を得ていた神主一族が住んでいた武家屋敷と遥拝所の神殿が取り残されたように建っている。神主はこの屋敷から毎日片道二時間歩いて島の北部にある沖ノ神嶋神社に険しい山の尾根を越えて通ったという。おそらくこの島に神々が鎮座して以来、千年以上にわたって営々と守り続けられてきたことであろう。

ビジターセンターの職員から簡単な島でのルールや歴史を学び、いよいよ目的の旧野首教会を目指して島のトレッキングを開始する。野崎集落の朽ち果てた数軒の家々を見ながら歩いていくと、若宮神社と書いてある立派な鳥居が目に入った。社《やしろ》を確認しようと数段の階段を登ってみると、神社の建物は無残に押しつぶされ、屋根瓦と二体の狛犬が風雨にさらされていた。若宮神社の横には幅二メートル程の簡易舗装された急な坂道が山の中腹に続いていた。野崎集落と野首集落を結ぶ一本道である。

幕末から明治にかけて、五島列島全域で吹き荒れたキリシタン弾圧の嵐の中で、島で暮らしを立てていた野首や舟森のキリシタンたちの願いや叫びに少しでも触れられればとの思いを抱きながら、旧野首集落を目指して細い急な登坂を息切らしながらゆっくりと歩いて行った。

どこからでも海が見下ろせる細い道を三十分ほど歩くと小さな峠があり、そこから旧野首集落の全容が一望できた。南に開けた急斜面に十区画ほどの石垣で囲った住居跡とおぼしき土地と背後に続く傾斜面を利用した段々畑の跡がはっきりと分かる。集落の中心には明治四十一年に村人の手で建築された旧野首教会が秋の日差しを浴びてキラキラと光る五島灘を見下ろすように悠然と建っていた。

教会の周囲には建物は一切見当たらない。旧野崎集落のように崩れ落ちた廃屋の姿もなく、静謐な空間に包まれている。時たま鹿の群れが現れて、遠くから人間を注意深く観察していた。

教会から野首海岸を見下ろすと、旧野首小中学校だった校舎がそのまま地元のＮＰＯの手で「野崎島自然学習村」として再利用されていた。管理人を兼務した人がたった一人だけ住民登録しているとのこと。住民票を置いている理由は、町営船の運航を続けるためである。町営船は国の補助金が使われているため、ルール上、無人島への発着はできない事情があるためらしい。

野崎島のキリシタン集落は、十九世紀初頭に入植がはじまった二つの集落があった。島の中央部の括れた部分にある野首集落と島の南端部に位置する舟森集落である。

大正七年にまとめられた旧前方村の郷土誌によると、五島藩が大村藩に要請して始まった外海《そとめ》領民の移住により、五島久賀島に移住していた松太郎とヨネ夫婦は、あまりの貧しさから長男忠藏と次男条蔵を連れて新天地を求めて現在の鹿児島県長島町に再移住した。しかし、ここでも生活が成りたたず、ついに野崎島の南端のハマドマリに畑を開いて定住したが、猪に畑を荒らされたため現在の野首にあたる場所に移り住んだのがそもそもの始まりで、その時期は西暦一八〇〇年前後とある。時を同じくして三助とエス夫婦とその子平太郎も野首に定住を始めている。

以後、外海地方の神ノ浦、大野、牧野地区からの入植が続いた。

一方の舟森集落については、小値賀に伝わる逸話が残されている。それによると笛吹の船問屋室積屋（田口）徳兵治が商いで大村港に立ち寄り、上陸して休憩していると岩陰に潜む三人の男たちに出会った。不審に思って事情を聞くと、キリシタンであることが露見し、明日は処刑されるので最後の祈りを神に捧げているとのことである。余りの理不尽な定めに同情した徳兵治は、危険を顧みず自ら船の船底に三人を匿い、未開の地であった野崎島の南端の傾斜地に住まわせたのが始まりという。それは弘化二（一八四五）年ごろのこととされている。彼らはその恩を忘れず、田口家を「旦那様」と敬い、毎年正月には農作物を土産として挨拶に訪れたという。

ただ、江戸時代には野首、舟森とも村として独立するだけの人口はなく、明治二年時点で野首八戸、舟森七戸の小集落でしかなかった。

私たちは小さいながらレンガ造りの堂々たる姿の旧野首教会前にしばらく佇んでいた。誰一人としていない澄んだ秋空を見上げると、この島の周辺でしか見られないカラスバトが悠然と弧を描いていた。廃墟と化した住居跡と石垣で囲われた段々畑跡では数頭の鹿が静かに草を食べながら、人珍しそうにこちらを見ていた。

眼下には手つかずの真っ白な砂浜が見える。砂浜に寄せる白い波頭の先には透き通るような青い海が広がっている。その海の先には五島列島の北端である魚目半島が槍を突き立てたように細長く延びているのが見える。野崎島はこの魚目半島と狭い海峡（幅約五百メートル）を挟んで向かい合っている。

「五島も広いな」

私は目の前に広がる魚目半島を見つめながらつぶやいた。

「五島はその名の通り、大きな島五つから成り立っているが、無人島を含むと百四十からの島々がある。島に生まれたといっても、案外よその島は知らんもんだ。おいも小値賀は初めてたい」

「私も、九州の小さな島とばっかり思っていたわ。こちらから見るととても大きな島で驚いたわ」

「この島のことを昔は値嘉島《ちかのしま》といった。お前の名前と同じ読みだよ。この島に来ることは定めだったかもしれないよ」

値賀子は黙って遠くに浮かぶ五島の島々を見つめていた。

私は、教会の入り口の階段に座って、眼下に広がる真っ白な砂浜を見ながら、百五十年前にこの地域一帯で吹き荒れたキリシタン弾圧下、まさにこの野首集落で生まれ、そして死んでいった若者たちの一生を思った。

そして子供の頃、同じクラスにいたキリシタンの同級生の女の子の事を思った。五島の生まれであれば、クラスに何人かのキリシタンの子供がいることは自然なことだった。彼らは一様に貧しく、継ぎはぎだらけのお下がりの学生服やセーラー服を着ていて、カバンもなく風呂敷に教科書を包んで背負い、山道を何時間もかけて登校していた。

同級生とはあまり接触することもなく、やがて彼女は中学を卒業すると関西の紡績会社に集団就職していった。

それはもう半世紀以上も昔のことで、日本経済が高度成長の真只中にあり、地方から大都市への大量の人口移動が行われた頃の五島の在りし日の日常だった。

信徒発見

現在、世界の三大宗教の一つに数えられるキリスト教の人口は約十三億人（二〇十六年バチカン調査）といわれている。そのうち日本人の信者数は四十四万人で東京都の九万七千人に次いで長崎県は六万一千人の信者となっている。県民人口に占める割合は四・四パーセントとなっており日本一である。しかし、国民全体に占めるキリスト教信者の比率は約一パーセントにも満たなく圧倒的に少ない。理由はいろいろと言われているが、一般的に言われていることは、日本人には唯一の神という概念がなく、自然のもの全てに神が宿っているとする多神教（いわゆる八百万神《やおよろず》）の混合宗教観であることと、共同体の中で孤立することを極端に恐れる傾向があり、同調意識が強いからと言われている。これは江戸時代の徹底した寺請制度や五人組制度などによるキリシタン禁教政策の影響が今日まで及んでいることの表れといえよう。

一五四九年八月十五日にフランシスコ・ザビエルが鹿児島に上陸してキリスト教を初めて日本に伝えた。その翌年には南蛮貿易で開放的な平戸に来て領主松浦隆信から布教の許可を得ている。それに伴ってポルトガル船の入港が増えていった。それほど戦国の世に鉄砲や船来の武器や物資が魅力的だったのである。平戸の武士であった木村氏や篭手田氏がいち早く洗礼を受け活動し、平戸島、生月島、度島などの松浦領内にキリシタンの信徒を増やした。その後は大村、島原、浦上、五島など肥前一帯に広がっていった。日本最初の戦国キリシタン大名である大村純忠や島原の大名有馬晴信さらには五島純堯などこの地域の戦国大名がキリシタンに帰依したことにより長崎は常にキリスト教文化の中心であった。

しかし、天正十五（一五八七）年に時の天下人豊臣秀吉によるキリシタン禁教令と海賊禁止令（バハン禁止令）が発布されると、宣教師の国外追放と教会の破却が行われ、翌年にはイエズス会に委任されていた長崎の行政権と司法権の一部が取り上げられて天領となった。一五六九年に初めてできたトードス・オス・サントス教会から徳川家康の大禁教令が出る一六一四年までの四十五年間に長崎の町はキリシタンを中心に大きな発展を遂げ、当時の宣教師からは「日本の小ローマ」と呼ばれた。

長崎に住む人は大半がキリシタンであり、教会だけでも十数ヶ所に及んだ。

しかし、慶長十七（一六一二）年、徳川幕府が発したキリシタン禁令は秀吉の伴天連追放令より一層厳しくなり、全国の教会は徹底的に破壊され、聖職者は日本から追放された。ひそかに役人の追及を逃れて隠れた神父や修道士それに一般の信者も次第に追い詰められて悲劇的な殉教につながっていった。

幕府のキリシタンへの迫害は徹底しており、キリシタンを見つけると懸賞金が与えられる訴人制度や向こう三軒両隣の五人組制度さらには毎年の宗門改めや踏絵などが導入され、徹底した相互監視社会となった。

国民は生まれると必ずどこかの寺の檀家（信者）でなければならず、各戸には仏壇が置かれ、死人が出てもそのお寺のお坊さんを呼んで経をあげてもらい、納棺もそのお寺のお坊さんの立ち合いが必要で、墓石には戒名を刻むことを厳しく求められた。現在の戸籍に当たる宗門人別帳が作られ、人々は旅行や住居の移転などの際には必ず寺からの証文（寺請証文）が必要であった。寺請証文を受けることを義務付けることでキリシタンでないことの証明としたのである。このように寺請制度は幕府の末端の行政機関としての役割を担わされた。

こうした幕府の徹底したキリシタン監視と弾圧の政策の下で次第にキリシタンたちは追い詰められていった。

寛永十四（一六三七）年には、日本の歴史上最大の一揆とされる「島原の乱」が勃発し、三万七千人ともいわれるキリシタン信徒の虐殺が行われた。幕府の反乱軍への処断は苛烈を極め、わずかに生き残った者たちは密かに潜伏していくしか、選択の道は残されていなかった。

幕府は、寛永十六（一六三九）年にはポルトガル船を追放し、オランダと中国のみに交易を許し、いわゆる鎖国体制を確立した。

こうして長い潜伏の時代が始まり、キリシタン禁制の高札が下ろされたのは明治六年二月二十一日のことであった。

一八六五年に大浦天主堂での奇跡的な信徒発見までの二百五十年にわたる長い禁教と迫害の時代に、一人の神父もなしに多くの信者が密かに信仰を守り続けたということは人類の宗教史においての奇跡であった。

安政五（一八五八）年、幕府はアメリカ、オランダ、ロシア、イギリス、フランスの五ヶ国と修好通商条約を締結し、ついに鎖国の禁を破り開国した。一八六五年には開港した長崎の港を見下ろす丘の上にフランス人のための教会が建設された。

いわゆるフランス寺（大浦天主堂）である。

一五九七年、豊臣秀吉によるキリシタン禁令により、京都・大阪で捕らえられたフランシスコ会宣教師ペテロ・パウチスタ等六名の外国人とイエズス会修道士パウロ三木等の日本人二十名は、長崎まで引き回され西坂の地で処刑された。建設当時は一般的にフランス寺と称されていた聖堂は、この二十六人の殉教者に捧げられたもので、正式名称を「日本二十六聖殉教者聖堂」と言った。

聖堂は三本の塔から成り、その塔の上部には金色の十字架が輝き、正面の塔には大きく天主堂と漢字で横書きされていた。ステンドグラスを通して入る陽の光は七色に輝き、一段と荘厳な美しさを醸し出していた。

天主堂は完成し、金色の十字架がキリシタン復活を告げるように長崎の町を照らし、鳴り響く鐘の音はどこまでも届いた。しかし、日本人は誰一人として寄り付かなかった。国は開国しても徳川幕府開闢以来の祖法であるキリシタン禁制はそのまま残っており、長崎奉行の厳しい監視下にあったのである。

慶応元（一八六五）年三月十七日の昼下がりのことであった。

男女十数名の農民が人目を忍ぶようにして、天主堂の門前に佇んでいた。

この歴史的な感動の一場面を大浦天主堂のプチジャン神父は次のような手紙で横浜にいるジラール日本管区長宛に報告している。


親愛なる教区長様。

心からお喜びください。私たちはすぐ近くに昔のキリシタンの子孫をたくさん持っているのです。彼らは聖教をずいぶんよく記憶しているらしく思われます。しかし、まず私にこの感動すべき場面、私が自らあずかって、こうした判断を下すに至りましたその場面を簡単に物語らせて下さい。

昨日十二時半頃、男女小児うち混じった十二人から十五人ほどの一団が天主堂の門前に立っていました。ただの好奇心で来たものとはどうやら態度が違っている様子でした。天主堂の門は閉まっていましたから、私は急いで門を開き、聖所の方に進んで行きますと、参観人も後ろからついて参りました。

私は一ヶ月前（献堂式の日）、父なる神が私たちにお与えくださいましたみ主、私たちが聖体の形式の下に、愛の牢獄たる聖櫃内に奉安しているみ主の祝福を彼らの上に心から祈りました。

　私は救い主のみ前にひざまずいて礼拝し、心の底まで彼らを感動させる言葉を私の唇に与えて、私を取り囲んでいるこの人々の中から主を礼拝する者を得さしめ給えと祈りました。ほんの一瞬祈ったと思うころ、年頃は四十歳か五十歳ほどの婦人が一人私のそばに近づき、胸に手を当てて申しました。

『ここにおります私たちは、皆あなた様と同じ心でございます』

『本当ですか。どこのお方です。あなた方は』

『私たちは皆、浦上の者でございます。浦上ではほとんど皆私たちと同じ心を持っています』

　と答えてから、その同じ人がすぐ私に、

『サンタ・マリアのご像はどこ？』

　サンタ・マリア。このめでたい御名を耳にして、もう私は少しも疑いません。いま私の前にいる人たちは、日本の昔のキリシタンの子孫に違いない。私はこの慰めと喜びをデウスに感謝しました。そして愛する人々に取り囲まれて、サンタ・マリアの祭壇の前に彼らを案内しました。彼らは皆私に倣ってひざまずきました。祈りを唱えようとする風でしたが、しかし喜びに耐えきれず、聖母の像を仰ぎ見るや口をそろえ、

『本当にサンタ・マリア様だよ。ごらん、御腕に御子ゼスス様を抱いておいでだよ』

と言うのでした。

やがてその中の一人が申しました。

『私たちは、霜月（旧暦一月）の二十五日に、み主ゼスス様のご誕生のお祝をしています。み主様は、この日の夜中に厩の中に生まれ、難儀苦労して成長され、御年三十三の時、私たちの魂の救いのために十字架にかかって、お果てになりました。ただいま私たちは悲しみの節のうちにいます。あなた様も、悲しみの節をお守りなさいますか』

と尋ねますから、私も、

『そうです私たちも守ります。今日は悲しみの節の十七日目です』

と答えました。私はこの悲しみの節という言葉をもつて四旬節を言いたいのだと悟ったのであります（中略）

彼らはクルス（十字架）を崇め、サンタ・マリアを大切にし、オラショ（祈り）を唱えています。しかし、それがどんな祈りであるか、私にはまだわかりません。その他の詳しいことは近日中にお知らせ申し上げます。

一八六五年三月十八日　長崎にて

日本の宣教師　ベルナール・プチジャン

以上がプチジャン神父により伝えられた信徒発見の報告書であり、二百五十年に及ぶ迫害と潜伏の時代を得て、神との出会いを果たした浦上キリシタンたちの姿であった。

プチジャン神父に「ワレラノムネ、アナタノムネトオナジ」「サンタマリアノゴゾウハドコ?」と信仰を打ち明けた婦人の名を杉本ゆりといった。浦上山里の出身で当時五十三歳であったが、やがて来る「浦上四番崩れ」で一村総流罪となり、家族ともども福山藩に流された。

それは、慶応四年六月一日から始まり、明治六年の弾圧停止に至る間に、実に二十藩に預けられ、その数は三千三百九十四人に及んだ。そのうち六百六十二人が非業の内に命を落とした。生き残った信徒たちは流罪の苦難を後々まで「旅」と呼んだ。

北魚目

慶応二(一八六六)年の梅雨も明けた夏の盛りの頃のことであった。野崎島の居着《いつき》部落と称された野首と舟森集落に大変な噂がもたらされた。その頃は島での生活苦から上五島の有川や榎津といった比較的大きな漁村に漁師や鯨納屋の雑役として出稼ぎに行く者もあり、閉鎖された島の生活に外部の情報を伝える一面もあった。その噂は上五島の青砂ヶ浦の居着の者が長崎に新しくできたフランス寺（大浦天主堂）の様子を見てきたという話である。それによるとフランス寺にはパードレ様がいて、サンタ・マリア様の御像があるというではないか。

この噂はあっという間に野首と舟森の集落に広がり、にわかに色めき立ち、連日夜になると帳方の家に集まって話し合う始末となった。野首と舟森の間は距離にして半里余りであったが、人一人がやっと通れる険しい尾根伝いの山道を提灯ぶら下げて、一刻（二時間）もかけて交互に行きかう姿が何日か続いた。

とにかく、そのフランス寺というところに行った者の話を直接聞かなければ噂の真偽は分からないということになり、その役目を野首の長吉と舟森の幸次郎という二人の若者に託した。

長吉は、野首集落を最初に開拓した松太郎の子孫で、体格に恵まれており、漁に出ても優れた漁師で野首の未来を担う青年の一人であった。一方の幸次郎は舟森の生まれであり、内向的なおとなしい性格の若者である。二人は年齢も近いことから日頃から仲が良く、何をするにも一緒だった。

五島列島の突端に浮かぶ野崎島の野首西の浜からは、本島である小値賀島の全貌と狭い海峡を挟んで上五島魚目半島の突端にある津和崎の家々が手に取るように見える。

一口に五島といっても北から宇久島・小値賀島・中通島・若松島・奈留島・久賀島・福江島と七つの大きな島からなっている。明治以前は宇久・中通・若松・奈留・福江島を総称して五島といった。古くは北の宇久・小値賀・中通島・若松島・日ノ島などの諸島を小近といい、奈留島・久賀島・椛島・福江島の比較的大きな島々を大近といった。これらを総称した列島全体を値嘉島《ちかのしま》といった。

明治以降は北の北松浦郡域である宇久島・小値賀島を除いた中通島・若松島・奈留島・久賀島・福江島の五つを以て五島と称している。

古くから平戸藩の領分である小値賀島は野崎島を含む大小十七の属島からなっており、海を隔てて北に宇久島、南に中通島の魚目半島と向かい合っている。

長吉と幸次郎の二人は比較的人の移動が多くなるお盆の時期を見計らって北魚目の仲知《ちゅうち》部落を目指して野首の西の浜から船を出した。

野崎島と向かい合う五島の魚目半島は、長さ十五キロメートル、幅一〜三キロメートルと細長く、槍を突き出したような地形である。海から急峻な山々が連担し、農耕に向く平坦な土地はほとんどなく、人々は古くから漁業を生業として暮らしてきた。半島の付け根にある榎津村と有川湾を挟んで向かい合う有川村の前に広がる海はブリやマグロの回遊する好漁場で古くから土着の土豪の支配が続いて来た。彼らは「加徳《かとく》」と称する漁業権を持ち独占的な支配関係が戦前まで続いた。江戸中期になるとこの有川湾に鯨の網取り漁法が持ち込まれ、その活況ぶりから有川の江口組は全国にその名を知られた。

長吉と幸次郎の操る伝馬船は、途中笛吹の町に立ち寄り、仲知への手土産として酒一升と米を購入した。笛吹の町は専ら漁業で成り立つ町であるが、昔から商人の出入りも盛んで辺鄙な島の割には商工業が発達していた。当時造酒屋だけでも、小田、小西、亀屋、木村、田口、浜田屋などがあった。買い物を終えた長吉と幸次郎は、野崎島と上五島を隔てている潮の流れの早い津和崎瀬戸を横断し、中通島の突端である魚目半島の西側を海岸沿いに南下した。上五島の魚目半島の北にある仲知、米山、津和崎の三部落は平戸藩の支配する地域だった。その中で米山、津和崎は仏教徒の部落であったが、仲知は外海から移住の居着部落で、まぎれもないキリシタン部落であった。

昼過ぎに仲知の小さな船泊に伝馬船を係留すると、二人は十軒ばかりの家々が海に落ちる斜面にへばりつくようにポツリポツリと建っている坂道を登って行った。

山の頂まで耕した段々畑の中に板葺きの屋根に枕位の石を乗せた小さな貧しい家々が散らばっている。

小さな段々畑はきれいに石積みされており、一面の芋畑である。

長吉と幸次郎はその中の一軒の家を訪ねた。

「ごめん下され。栄吉どんはおっなさりますか」

二人は、玄関戸もなくただ蓆をぶら下げただけの玄関口から声をかけた。

しばらくすると奥の方から人の動く気配があった。

「野首の長吉です。今日は栄吉さんに確かめたかことがあって舟森の幸次郎と二人で出かけてきました。中に入ってよかね」

栄吉はこのあたりのキリシタン集落の中では、リーダー的存在で村の帳方も務めていることから野崎島にも度々出向いて来ている。忠兵衛の嫁のミツはこの栄吉の妹であった。

栄吉は注意深く二人を確認すると、懐かしそうに二人に声掛けした。

「さあ、そんなところにおらんで奥に入らんね。遠慮はいらんばい」

いくら幕末で人の交流が盛んになったとはいえ、当時の百姓は生まれた村に縛り付けられ、村と村の人的交流は殆んどなかった。まして、藩が異なればそこはもはや外国同然である。しかし、五島各地に散らばっていた潜伏キリシタンの村には帳方、水方、聞役といった指導系統を持つ秘密の組織があり、常日頃から密接な交際が行われていた。また、結婚などを通じて固い血縁と絆で結ばれていた。

「二人そろってどがんしたんか。何か村であったんか」

仲知の帳方である栄吉は二人の真剣な眼差しから、心配そうに声をかけた。

「早速じゃばってん、栄吉さん。青砂ヶ浦の者が長崎に最近できたフランス寺に行ったという噂ば聞いたが本当な。そん寺はサンタ・マリア様の寺ということじゃが本当な」

「そんな話が野崎にも届いたか。本当の話したい。そんことで上五島も下五島も上に下に大騒ぎたい。なかには、仏壇も神棚も打ち捨てて、今すぐに村ごと長崎に行こうと騒ぎ立てているところも出てきて、みんな心配で夜もおちおち寝られんとたい」

長吉と幸次郎の二人はまっすぐに栄吉を見据えて、今にも大声で何か叫び出しそうな興奮した面持ちであった。

「栄吉さん。もう少し詳しか話ば聞かせてくれんですか。迷惑かもしれんばってん今日は泊まらせてもらうつもりで米と酒ば持ってきた。宜しく頼みます」

と言うと、笛吹の町で買って来た米と酒を前に、何度も何度も頭を下げた。

「何も気をつかわんでよかよ。ゆっくりしていかんね。今夜は村の主だった者を集めることにしよう。最近フランス寺に行ってきた丸尾の三吉さんにも声掛けしてみることにしよう。そこで何でん聞いたらよか。おっどんが村もどがんしたらよかか迷っているとばい」

栄吉は半刻（一時間）ばかりであらかたの話を終えると、今晩の寄り合いの用件を村の衆につたえるため家々を回った。

その日の夜になると栄吉の家には人目を忍ぶかのように一人二人と村人が集まってきた。仲知から水方の作蔵、勇吉、真作、又造それに帳方の栄吉の五人、その他に丸尾から三吉、小串から権次郎と七人の男どもが集まった。

長吉たちが持参した一升の酒はあっという間に飲み干され、米の炊き出しもすぐに底をついてしまった。

「今日は、ご案内の通り野崎島から長吉さんと幸次郎さんが来ております。あらかたの事はわしの方で話しているが、わしらの教義に関わることゆえもう少し詳しい話が聞きたいとのことで集まって貰った次第たい。まず、丸尾の三吉さんから詳しく話してくれんね」

栄吉はわざわざ一里の山道を歩いて出向いてきてくれた二十歳半ばの若者である三吉に話を振った。

丸尾郷は五島藩の支藩である富江藩の領分であった。

富江藩は下五島の富江に陣屋を置く交代寄合の旗本である。石高は三千石であったが、大名の分家ということで対外的には富江藩と称して、大名格の扱いを受けていた。魚目半島の突端にある仲知、米山、津和崎の三部落を除く半島の大半はこの富江藩の領地である。

「丸尾の三吉です。五島の事情はあまり詳しくなかと思うので、これまでの経緯から話さなければならんでしょう。去年の二月に長崎の港に近い大浦というところにフランス寺が出来たことは聞いているでしょう。こんフランス寺に、我々が昔から信じてきたサンタ・マリア様の寺ではないかと浦上の百姓たちが直接訪ねたのが去年の三月のことばい。そこで浦上の百姓たちはサンタ・マリアの御像を直に見て、パードレに信仰ば打ち明けたとのことたい。こん噂はあっという間に昔からキリシタンを信仰している村々に水が浸み込むように伝わった。五島に最初に伝えたのは若松島桐古里の与作という青年たい。

与作はケガの治療で長崎に行った折に、新しくできたフランス寺見物をして驚いた。自分たちが、先祖からひた隠しにしながら大切にしてきた十字架やサンタ・マリアの御像があることを知り、密かに神父の部屋に忍び込んだとのことたい。

プチジャン神父から話を聞いてみると、間違いなく自分たちが信じてきた神であることが分かり、急いで五島に帰ったそうたい。それから父の許しを得て長崎に引き返し、天主堂の小使いとして住み込んだそうだ。ここで実に二百五十年ぶりにプチジャン神父から与作と浦上村の高木敬二郎・源太郎の三人が直に聖体を拝領したそうたい。洗礼を終えたガスパル与作はすぐに五島に帰り、伝道師として五島各地の居着きの村々にこのことを伝えて歩いた。

それからたい、居着きの村の帳方たちを中心に我も我もと長崎を目指したのたい。有福島のパウロ、堂崎のドミンゴ、冷水のフランシスコ、久賀島のミカエル、ロレソン、大泊のシキスト、中の浦のハソコなどの帳方、水方のほかに青砂ヶ浦、若松島、嵯峨の島などの一般信者も伝馬船を操りながら波荒い五島灘を次々に渡っていった。

おいもその一人だ。この目で直に神父様にお会いして、サンタ・マリア様の御像も確認してきたとばい」

淡々としていながらも芯の強さが感じられる三吉の話は分かりやすく、長吉と幸次郎に新しい時代の訪れを感じさせた。

「ほんに貴重な話を聞かせてもらい有難うございます。もう一つ聞いてもよかですか。

我らは先祖の昔からバスチャン様の予言と日繰りを信じて教えを守ってきたが、そこんとこはフランス寺の神父様は何と申されたのですか」

「我々が先祖から守り通してきたいわば教理の根本で最も大事なところだ。驚いたことに多少の誤りと補足が必要であるとしながらも、大筋において正しいとプチジャン神父は申された。つまり、春の彼岸の中日をサンタ・マリアのお告げの祝日とし、それから九ヶ月目の冬至前後の木曜日が御身のナタラ（クリスマス）、それから六十六日目の水曜日が悲しみの節の始まりというように繰り返し守ってきたことは正しかったのだ」

「なんと、なんと。神父様がそう申されたのですか」

「そうたい。プチジャン神父様は我らが二百五十年前のキリシタンの子孫であることをはっきりと認めてくれたのだ」

と最年長と思われる小串から来た権次郎が、集まった者全員の顔を見回していった。

「聞くところによると、長崎の浦上村あたりでは死人が出ても檀那寺に届けることを躊躇していると のことだ。そんため、役人や庄屋の監視や密偵が村の中を聞きまわっているとのことだ。いずれ大騒動になるとのもっぱらの噂だ。こん五島でも桐古里の与作や姫島の沢二郎を中心に五島中を教化して回っている。また、鯛ノ浦の松次郎という人は、五島に神父を呼ぶ段取りまでしているとのことだ。このことは、五島の役人の耳にも達しており、村の中を見知らぬ人が往来し、何事か聞きまわっているようだ。あんまり急に激しい動きをすると危険だと心配する向きの意見もある。わしも今しばらく世の中の動きを見極めるべきと思っている」

と言うとしばらくの間沈黙が広がった。

「おいも権次郎さんの意見に賛成たい。あたかも信仰が許されたと思い込んで、我も我もと長崎へと船を漕ぎ出したらどうなるか知れたもんじゃなかよ。何百年も『クロ』だ『外道』だと見くびられ忍びに忍んできた気持ちも分かるが、今はその時期じゃなかと思っている。うかつにフランス寺には行かん方がよかと思っている」

栄吉は、村々の帳方や水方が怒涛のような勢いで長崎に押し寄せている心のゆるみを恐れたのだった。

語り合ううちに次第に議論も尽き、夜も更けてだんだんと座も和んできたが、集まっている顔の一つ一つが信仰のゆるぎない喜びにあふれる一方で明日への恐怖心が入り混じったような不思議な顔つきであった。それはやがて来る不気味な時代の訪れを予感しているようでもあった。

その夜は、全員車座になり横になったが、何故か興奮して微睡んでいるうちに夜が明けた。

島の若者たち

「バスチャン様のお告げ通りになったぞ」

「俺たちの時代が来たぞ」

急いで仲知からの帰りの伝馬船を懸命に操りながら長吉と幸次郎の二人は互いの思いを確認しあうかのように何度も頷き合った。

五島灘の潮の流れは速く、舳《へさき》に寄せる波は大きく砕け散って、二人の体を濡らした。夏の終わりの西風は心地よく、朝霧にかすむ島影を見ながら懸命に艪を漕いだ。

一刻も早く皆にこのことを知らせねばとの思いから、艪を握る手に一段と力が入った。

やがて二人を乗せた伝馬は笛吹の港を左に掠ると、朝方の五ツ（午前八時）頃には野首の西の浜に乗り上げた。西の浜の右手には野首の先祖の小さな仏式の立墓があった。二人は先祖の墓地に軽く頭を下げ、バスチャン様のお告げが実現したことを報告した。素早く船を浜に引き上げると、帳方である忠兵衛宅を目指して急な斜面を駆け上がった。

「忠兵衛さんはおっとかな（いますか）」

その忠兵衛の家は、日頃からオラショの集まりなどで何かと集う場所で、野首の白い砂浜が見渡せる集落の北側にあった。

「おう、長吉か。帰ったか。早く中へ入れ」

忠兵衛はこれから畑仕事でもするのか、牛小屋で牛に餌を与えている最中だった。

「ご苦労だったな。それにしてもすごい汗だな。さあ、お茶でも一服せいや。ゆっくり話を聞かせてくれ」

忠兵衛の妻のミツが出てきて、白湯と冷えたサツマイモを持ってきた。

ミツは上五島の仲地から忠兵衛に嫁入りしている。

貧しいこのあたりの百姓にとってサツマイモは主食である。

数年前に、下五島の富江に商売のために移り住んだ田原伝吉という人が薩摩から持ち込んだ種芋を植え付けたところ、これまで腐食しやすい従来の五島の芋よりも数段収穫量が多く、品質も優れていたことから、あっという間に五島中に広がり最近ではどこの畑でも芋畑だらけとなり、これまでの荒れ地だった斜面地なども耕され段々畑がいたるところで見られるようになった。五島は、夏から秋にかけて南からの大風（台風）が通過する場所であったが、この生産性に優れたサツマイモの出現により、飢饉の心配がなくなり百姓も安心して農作業に従事できるようになった。

芋は長期的な保存ができる食物である。農家の土間には床下を三尺（約九十センチメートル）ほど深く掘り下げた芋窯を作り、芋の上に籾殻を被せて温度を一定にして長期保存できるように工夫していた。

米に恵まれない農民は、主食のように毎日、芋窯から取り出してこれを蒸して食べた。また、生芋を薄く輪切りにして、これを大釜で湯がいた後に天日で干してから「カンコロ」を作った。

生のカンコロは乾燥させて焼酎の原料となり、湯がいて天日干ししたカンコロは、セイロで蒸してからもち米と憑き合せて「カンコロ餅」を作った。

そんなことから傾斜地の多い野崎島も一面の段々畑である。野首と舟森には水田は一枚もなく芋と麦畑である。

芋作りが盛んになると、五島に古くからいる五島牛はそれらの農作業には不可欠となった。四肢がガッチリとして力強く、病気にもかからず、しかも性格もおとなしい五島牛は家族同然で、五島の農家ではどの家も母屋の中で大切に育てられていた。往古、朝鮮半島の牛と在来種を掛け合わせて改良されてきた牛で高麗牛とも呼ばれた。トラクターが普及するつい最近まで、男の子は十歳ぐらいになると、夜露に濡れた草を毎朝刈って牛の餌にすることとは毎日の仕事だった。牛は家族と共に生活し、大切に育てられた。百姓の間では、牛を大切にする人でなければ、その家は栄えないとさえ言われてきた。

ちなみに、幕末のこの時期での成牛の五島での売買価格の相場は金五両前後であった。平安絵巻に描かれた御所車を引く牛は「御厨牛」と呼ばれ、多くはその頃御厨の一地方であった小値賀島や宇久島あたりから都に運ばれた牛であった。

寛政元（一七八九）年に行われた平戸藩の調査では、笛吹郷の人口は七千二百六人であるのに対し、家畜として飼われていた牛は七百六十二頭で、島では昔から多くの牛が飼われていた。

貧しい野崎島の百姓である野崎や野首さらには舟森の集落でも、一部の家では牛を飼い、貴重な労働力として傾斜の多い島の畑を耕作していた。

「何もなかばってん。芋でも食わんね。そいで五島の様子はどがんじゃったか」

忠兵衛も早く話が聞きたくて落ち着かない様子だった。

「忠兵衛さん。フランス寺の噂は本当だったよ。パードレもいらっしゃり、サンタ・マリア様の御像も確かにあるとのことだ。さらに驚いたことには、我らが昔から伝え聞いてきたバスチャン様のお告げもその通りだということだよ。たまげたよ」

バスチャン様と言うのは、江戸時代初期の深堀の人でポルトガル人のジワン神父の弟子であった。ジワン神父から日繰りを教わり、これを日本風に作り、各地を布教していたが、出津の岳の山に隠れているときに捕縛された。長崎に護送され桜町の牢に三年三ヶ月の間監禁されたのち斬首され殉教した。バスチャン様の日繰りは、外海地方では「お帳」と呼ばれ、組織のリーダーである帳方が代々管理してきた。その日繰りは、陰暦の二月二十六日の「さんたまりあの御告げの日」から始まり、翌年の「正月三日さんぜのびよ丸じ（聖ジノビア殉教者）」で終わっている。「さんたまりあの御告げの日」は天使ブルエルが聖マリアにキリストの受胎を告げた日で、キリシタンにとって最も大切な日である。

バスチャン様は殉教するにあたって四つの予言を行った。これが外海や五島地方のキリシタンの間で長く信じられてきたバスチャン様の予言である。

一、七代の後まで、我が子とみなすが、その後はアニマ（霊魂）の助かりは難しくなる。

一、七代の後に、コンヘソーロ（告白を聞く神父）が大きな黒船に乗って来る。その後はいつでも告白をすることができるようになる。
一、その頃にはいつどこでもキリシタンの歌を歌って歩けるようになる。
一、道でゼンチョ（異教徒）に出会えば、先方が道を譲るようになる。

「お告げの中でバスチャン様は、七代まではパードレがいなくても神の力が人々の上に及ぶであろうが、それ以後は神父の仲立ちがなければ、神がこの地方の人々たちを救う力は失われると予言された。また、神はその時、神の代理であるパードレをこの国に送るだろうとも予言された。まさに、我々は先祖から数えてその七代目にあたり、そのパードレが黒船に乗ってやって来たとばい」

長吉と幸次郎は仲知で聞いたことを興奮しているのか早口で一気にしゃべった。

帳方である忠兵衛は長吉や幸次郎より二三年上で、この島の百姓では珍しく多少の読み書きもできる温厚な人柄である。

何でも数年前に五島の榎津に出稼ぎに行き、マグロ（五島ではシビといった）の大敷網で働いていたときにそこの網元である加徳士からそろばんや簡単な読み書きを習ったとのことで野首では貴重な存在だった。このあたりの百姓で読み書きや手紙のやり取りができる人は殆んどいなかった。多くの百姓は簡単な仮名文字を多少知る程度であった。

「大方の話は分かったよ。ご苦労だったな。それで五島の連中はこれからどがんするつもりかね」

「そのことだけど、部落ごとに考え方がまとまらず、どの部落もどうしたら良いか迷っているみたいだ。ただ、鯛ノ浦で紺屋をしている松次郎さんという人がたいそう世間の広い人で、上五島はこん人の指導を頼りにしているとのことだ。近くフランス寺の神父様を五島に呼び直に洗礼ば授けて、これまでの教義や言い伝えの誤りや問題点を質《ただ》すそうだ。しかし、こうしたことは藩役人にも漏れ伝わり、密かに探索が行われているとのことたい。いずれにしてもことは野崎島全体の大きな問題であり、舟森の衆ともよく相談してこれからの道を決めんといかんと思っちょる」

「そりゃそうだ。早速、今晩からでも舟森の衆と一緒に寄り合いを始めようじゃなかね。幸次郎さん、舟森の衆にもこのことしっかり伝えてくれんね」

それからは、三日毎に交代で野首と舟森の帳方の家で成人の男衆全員による寄り合いがもたれるようになった。

戸主の数で野首八人、舟森七人の小さな集落である。成人の男となると二つの集落を合わせても三十人にも満たなかった。

いくら離島の中の離島である野崎島といえども、おおびらな会合は慎まなければならなかった。島には純然たる神道の野崎集落がある。キリシタンの素振りは寸分でも見せたら疑われる恐れがあった。そのため集会は夜遅く少人数で行われるようになった。集会が行われるたびに議論は伯仲し、一向に考えの方向は定まらなかった。

農作業や磯稼ぎの合間を見ては、親戚知人を訪ね上五島や下五島のキリシタン集落に赴いて情報を探ったり、平戸の黒島や生月島にも伝手を頼っては行き、何度か意見交換を行った。

九州の最果ての離島である五島の島々にも否応なしに幕末動乱の時代の波が押し寄せてきていた。人の往来が激しくなり、平戸・大村・島原・五島などの小藩が多い西九州の中で、藩そのものが自の将来を勤王または佐幕のいずれかの立場での選択を求められていた。もはや幕府にこれまでのような力はなく、薩摩や長州といった新しい勢力が台頭していた。

やがて秋も深まり、芋の収穫も終えた頃である。温暖な地方である五島でも季節風が吹き荒れる冬を迎えようとしていた。

とにかく、野崎島からも教理の学習のために長崎に人を出さねばという結論になり、野首から帳方の忠兵衛・船吉、舟森からは水方の弥八・幸次郎の四人を送り出すことになった。季節風が吹き荒れ時化が多くなる慶応二年の十月末には、二丁艪の伝馬船を仕立てて長崎の大浦天主堂を目指した。それぞれが生まれて初めての長崎行きだった。

長崎

野崎島には二つの小さな港があった。一つは野崎集落の玄関である野崎港、もう一つが野首の西の浜にある船溜まりである。それは港と呼べるものではなかった。砂浜に船を係留するための石垣を築いただけの貧弱なものだった。真正面に小値賀島を望む好立地だったが、浅瀬のため野首集落の人々以外は殆んど利用しなかった。忠兵衛たちはこの西の浜から小舟で船出し、二人交代で艪を漕ぎながら宇久島の南端を大きく迂回しながら五島灘に出て途中に平戸島の南端を通り、さらに黒島を過ぎたあたりで舵を南に取り松島を目指し、外海半島を左に見ながらひたすら南下して長崎の港を目指すのであるが、直接乗り入れるのは危険が伴うので知り合いのいる外海の出津に密かに入港した。出津周辺の集落は五島のキリシタンたちの先祖の地であった。そこの帳方から長崎までの道のりとプチジャン神父がいるフランス寺までの道案内を教わり、陸路で険しい山道を越えて浦上村を目指した。浦上村からは一里半ほどで大浦の天主堂である。

山と山に挟まれ、まるですり鉢の底のような浦上街道を浦上川に沿って歩いていくと、左手にこんもりとした丘があった。かつての西坂処刑場であると浦上の甚三郎さんから教えられていた。

「あの丘がその昔二十六人もの聖人が処刑された場所だよ。五島の人でヨハネ五島という人もここで殉教なされたと聞いている」

と忠兵衛が小さな声でみんなに伝えると、それぞれが黙って懐のロザリオを握りしめ、しばらく沈痛な表情で立ち止まっていた。

「さあ、こんなところで立ち止まっていると不審がられるよ。何事もない素振りで歩いたほうがよかよ」

忠兵衛が促すように言うと、四人は軽く頷いて、再び長崎の港を目指して歩きだした。

四半刻も歩くと大波止という長崎湾の入り口にきた。港には見たこともない大きな船が何艘も碇を下ろしていた。港を見下ろす丘には大きな門を構えた長崎奉行所の建物が庶民を威嚇するかのように建っていた。湾岸警備のために派遣された福岡藩や佐賀藩の二本差しの侍や陣笠姿の足軽が忙しく出入りし、物々しい雰囲気であった。奉行所は直接海に通じており、その先には幕府の鎖国の象徴であった出島が長崎湾に扇を突き出したように見渡せた。

すでに開港して数年が経っていたので、出島には様々な人が何の咎めもなく出入りしていた。

長崎の港は別名「鶴の港」とも呼ばれるだけあって細長く波一つない静かな入り江がどこまでも広がっていた。

四人は長崎の町の人の多さに圧倒されるとともに、外国人の居留地に異人館が立ち並び、各国の旗をなびかせた石造りの立派な建物の領事館や銀行等も見られ、初めて見る青い目をした外国人や商人が行き交う姿に驚いた。また、出入りが自由となった出島のオランダ屋敷あたりでは、珍しい洋服姿の西洋の婦人が馬車に乗っている姿もあった。港には幾多の外国の旗を掲げた巨大な商船が碇を下ろしており、さらには日本各地の港から来た多くの回漕船も帆を下ろして停泊していた。肝を潰したのは、煙突から黒い煙を噴き上げる鋼鉄の軍艦の姿だった。何門もの大砲を備え、まるで海に浮かぶ城のようだった。何もかもが初めて見るものばかりで、驚きの連続だった。長崎の町そのものがとても同じ日本の町とは思えなかった。

ただ、通りを行く人々の会話から聞こえてくる言葉は何ら我らの言葉と変わりはなかったことに多少の安堵を覚えた。

開港したての長崎港付近は、すべてにおいて新開地さながらの活気に満ちていた。多くの西洋人や中国人が行き交い、どこか遠くの外国の町を見るようだった。物珍し気に大波止から銅座川の橋を渡って右に折れ、大浦川の橋を渡ると小高い丘に突き当たった。その丘の上に三角屋根の頂に金色の十字架が輝いて見えてきた。

四人は初めて頬被りの手ぬぐいをとり、懐の中に潜ませている十字架を握りしめた。

「ここがフランス寺だ。マリア様のいらっしゃる天主堂たい」

忠兵衛が感激で裏返りしたような声で言った。

一同は注意深く周囲を見渡した。いつどんな形で見張られているかもしれない。長崎の人は新しい物好きと聞いてはいたが、すっかり町の風景と一体化してしまい、通りすがりの人は誰も振り向いたりはしなかった。

「とにかく人通りの少なくなる夕方まで様子を見よう」

ということになり、四人そろって中島川沿いの繁華な町の見物に出かけた。

話に聞いたことがある石造りの眼鏡橋がすぐそこにあった。

その橋の両脇には大きな店構えの大店が連なり、あらゆる物の商いが行われていた。

「同じ肥前の国でありながら町と田舎では天と地の違いがあるばい。ほんにたまげことばかりたい。今まで笛吹の町や五島の漁師町しか知らなかったが、世間は広かね」

最年長の弥八は、自分たちが暮らす野崎島の生活と長崎の暮らしぶりの余りの違いに戸惑っていた。

四人は物珍しさもあり、時間の過ぎ去るのも忘れて大店の軒先を覗いて回った。

「これからの世の中は銭がものいう時代たいね。銭さえあれば武士も百姓もなかよ」

と一番若い幸次郎がしみじみと言うと、他の三人はただ頷くばかりだった。

「そうたい。もうすぐ百姓も武士もなか世の中になるとたい」

忠兵衛はどこで聞いて来たのか、信じられないような突拍子もないことを言った。そうこうしているうちに陽は稲佐の山に落ちようとしていた。

「さあ、余分なことは忘れて、神父様のところに参ろうや」

四人はもと来た道を手ぬぐいで頬被りしたまま、うつむきながらトボトボと大浦天主堂を目指して海岸通りを歩いた。天主堂の前に着くと、教会への入り口は鉄の門でしっかり戸締りされていた。注意深く周囲の様子をうかがいながら、素早く天主堂の建物の裏手に回った。小さな裏口があったので、弥八はすかさず扉をノックして用向きを小さな声で伝えた。すると何も言わずにドアが開かれた。

急いで中に招き入れられ、すぐにドアは閉められた。建物の中は薄暗かったが、祭壇のロウソクとステンドグラスに照らされた淡い光がほのかに室内を照らしていた。忠兵衛たちは初めて見る厳粛な天主堂の空間に雁首をもたげたまま呆然として発する言葉もなかった。

「あそこにおられるのがサンタ・マリア様だよ。御子イエス様を胸にお抱きになっているよ」

「あぁー、あぁー。マリア様」

と声にもならない声で口ずさむと、崩れ去るように膝まずいた。

しばらくして、先ほど裏口から招き入れた若者が四人の前に立ち丁寧な口調で挨拶した。

「あなたたちはどちらから来られましたか。私は、この天主堂の二階で生活していますガスパル与作と申します。上五島桐古里の生まれで、いまはここで教義を学びながら、五島での伝道をしています」

ガスパル与作と名乗った五島出身の小柄な青年の立派な物言いにすっかり安堵したが、内心は気持ちが昂り上の空状態であった。

やがて冷静さを取り戻すと、忠兵衛は風呂敷に厳重に包んだ一通の書状を取り出した。

「申し遅れました。私たちは平戸領の野崎島から参りました。ここに浦上村一本木の甚三郎さんからプチジャン神父様宛の紹介状があります。私たちはキリシタンでこの度のフランス寺の噂を聞き、いてもたってもおられずこうして参上して参りました。どうか神父様へのお取次ぎを宜しくお願い致します」

「私も五島の者ですので野崎島の事はよく分かります。懐かしい限りです。神父さんでしたらすぐに呼んで参ります。今しばらくここで待っていてください」

与作が二階の神父室にいるプチジャンを呼びに行く階段を上がる音がした。

「あん、若っか者が桐古里の与作さんだよ。何でも五島の人では最初に洗礼を受けたことで名が通っているばい。与作さんの声がかりで多くの五島の者が我も我もと先を争うようにこん天主堂を目指したそうたい。あん若さで大したもんだ」

と忠兵衛がほかの三人に知っている与作の噂を伝えると、

「あれが、上五島の桐古里の与作さんかい。元気な若者たいね。五島に帰ったら与作さんを野崎島に呼ばんといかんね」

弥八は与作という五島の若者と知り合えたことは幸先が良いと言った。

四人は膝まずき、ロウソクの明かりに照らされたマリア様をただ黙って見上げていた。

これまでサンタ・マリア様といえば多くは唐渡りの仏教の観音像であり、それを納戸の奥に祀り、長い間マリア観音として崇めてきた。聖母像がないために観音像を聖母像代わりとして用いてきたのである。

四半刻近く待ったであろうか。

「こんばんは皆さん。初めまして、私が神父のプチジャンです」

とたどたどしい日本語の挨拶があった。

そこには黒い司祭服を着た、背が高くて顎ひげを蓄えた穏やかそうな異国の若い神父の姿があった。

二百五十年の長きにわたって神父不在の信仰生活だった潜伏キリシタンにとって、それは待ちに待った対面であった。

「私どもは平戸領野崎島のキリシタンでございます。先ほどガスパル様にご説明しました通り、私たちの野首と舟森の村人はすべからずキリスト教を信仰しています。一日だけでも、サンタ・マリア様の御像を見たくて罷り越しました。私たちは七代にわたってパードレが来て下さることを信じて待っていました。そして、洗礼の秘跡に授かることの喜びを待ちわびていました」

プチジャン神父は忠兵衛が語るひと言ひと言に頷きながら聞き入っていた。

「あなたたちの心の内は分かっています。年が明けたら私も五島へ行くつもりです。そこでできるだけ多くの人々のコンピサン（告白）を聞き、神の祝福を与えたいと願っています。どうかそれまでの間待っていてください。しかし、いまだこの日本ではキリシタンは禁教です。役人にこのことが分かれば厳しく処罰されます。現に浦上村では厳しい探索が行われ、多くの捕縛者が出ています。この天主堂も奉行所の厳しい監視下にあります。重ねて申しますが、くれぐれも自重してください。五島で待っていてください」

プチジャン神父からやさしく諭されると、たまらず四人の嗚咽の声が天主堂の闇に響いた。それは慟哭にも似た叫びであり、悲しみであった。

笛吹の町

忠兵衛一行は旅に出て五日ほどで再び野崎島に帰ってきた。各々、長崎土産を買って来た。なかでも一番の人気土産は銅座町で買ったこうもり傘とカステラだった。軽くて丈夫な洋傘を持つ忠兵衛と幸次郎は得意げに傘をさして歩いた。また、甘いものなど口にしたことがない野首の人にとってカステラの味はこれまで経験したことがない甘美な味がした。

長崎から帰って暫くは初めて見たサンタ・マリア様への感激もさることながら、様々な異文化への驚きと町の風景がよみがえり、一種のカルチャーショック状態が続いた。

そうした非現実感も時間の経過とともに厳しい野崎島の日常に立ち戻った。

そして改めて、プチジャン神父の教話が蘇り、これこそ神の教えであり救いの道だと確信するに至った。

長吉や又五郎たちの若い衆にも繰り返し、長崎での出来事を語り、司教の教えの正しさや神の尊さを教えた。

正月も近い風の強いある晩の集会の席であった。

「俺たちは長い間、神父様不在の中で、昔からの言い伝えのまま独自で洗礼を行ってきたが、聞くところによると教義の誤った解釈など正すべき所などもあるみたいだ。そんなとで五島の居着きの人たちは争って正式の洗礼に欲したくて長崎に向かっているとのことだ。なかには村の水方では真の洗礼にならないと言って、フランス寺のパードレ様の御手で直接お水受けして貰わなければパライソへは行けないなどと噂が広がり、次から次に天主堂に向かっているとのことだ。ついては野崎島からも何人かの若い者がパードレから洗礼を授けて貰えれば、後々役に立つと思うがどうだろうか」

忠兵衛が正式な教義に則った洗礼を受けた方がよいのではないかと提案すると、弥八以下の集会参加者も大きく頷いた。

「さて、誰から先に行って貰うかだが、長崎行きを望む者は手を挙げんね」

弥八が集会に参加している全員を見回しながら言うと、次々に手が挙がった。

「待て、待て。神父様が言っておられたが、家の戸主で神棚や仏壇を祀っている者は、その神棚や仏壇を打ち捨てなければ、決して受洗の栄に浴することはできないとのことだ。つまり、家の長男で独立の家屋の者は難しいとのことだ。なかには、これを機会に檀那寺との縁を切りたいと願う者もあるかもしれないが、ここは村全体に関わることゆえ、今回は次男以下の者に限りたいと思うが如何か」

弥八が長崎行きの人選について戸主は難しいというと、急に参加者が黙り込んでしまった。

「こんなことは議論しても決まらんもんたい。そこでだ、帳方の忠兵衛さんと水方のわしの二人で神棚や仏壇に直接関係ない者六人を選んだ。忠兵衛・長吉・又五郎・岩助・留助・兼吉の六人だ。これでよかな」

こうして野崎島から大浦天主堂に行って受洗する六人の若者が決まった。

「そこで新たな相談だがよかね。六人の者が長崎に行くとなると多少物入りになるたいな。前回もみんなに餞別を出して貰ったが、今回は晴れの洗礼だ。まことにめでたい。それぞれに紋付き袴とまでは言わないが、それなりの格好で気持ちよく送り出そうではないか。それでも長崎の町は田舎と違い何かと銭金が物言う土地柄だ。正月が明けたら四人ほど笛吹に出稼ぎに行って貰いたい。野首の長吉・又五郎は小田組の鯨納屋で鯨網の補修や油樽作りの手伝いとして使ってもらう段取りをしている。また、舟森の岩助と留助の二人は室積屋の旦那様にお願いして回漕船の舟子として雇ってもらう手配をしているから心配するな。なあに二三ヶ月働いて少しでも銭を稼いで来い」

弥八と忠兵衛の二人は昔からの縁を頼って、抜かりなく段取りをしていた。慶応三年の正月はあっという間に過ぎ去り、長吉・又五郎・岩助・留助の四人は短期の出稼ぎのため小値賀島の中心である笛吹の町に行くことになった。

小値賀島は平戸松浦藩の領分で、笛吹、前方、柳の三つの村からなっていた。島の面積は十二・九五平方キロメートルで、島全体が溶岩台地のなだらかな地形で島の西側に遠見番所を兼ねた小高い番岳（標高百四メートル）があった。海岸線はかなり複雑で出入りが多く、火山から流失した溶岩流が突出している浅瀬の地形から、アワビ、サザエの宝庫で古くから「海士」と言われる人々が住み着いていた。

干しアワビはこの島の特産品で、俵物三品（フカヒレ、干しナマコ、干しアワビ）として、藩から買い上げられ長崎会所に送られた。これらの産品は、幕府の重要な外貨獲得手段として中国にむけて輸出された。

島の中心は笛吹村で、専らキリシタン監視の役所である押役所、行政や裁判を司る郡代役所、庄屋や浜吏などを監督する代官所、町人や漁民を取り締まる浦役所などが置かれ、百姓の取り締まりに当たる庄屋は笛吹村、前方村、柳村にそれぞれ一人ずつ置かれていた。

藩の出先機関が多い笛吹村が小値賀島の中心であり、平戸藩から派遣された少人数の侍や郷士もいたが、多くは海での漁を生業とする漁民や畑で芋や麦を作る農民であった。

笛吹の町は南に東シナ海と五島の魚目半島を望んだ天然の良港に恵まれていた。

江戸時代の初期から捕鯨業や廻船業さらには酒造業などの産業が盛んになり、小田家などの有力な商業資本家を輩出している。記録によると天明七（一七八七）年には、商業百七戸でその内訳は、酒屋八戸、桶屋二戸、鍛冶屋二戸の他に塩屋、紺屋、豆腐屋、油屋、米屋、材木屋、呉服屋などが軒を並べ小規模ながらも多くの商人や職人がいて、とても西の果ての小さな島の町には見えなかった。

幕末時の人口は小値賀島全体で約八千人程度で、当時の地方都市としては大きな町の一つであった。

長吉・又五郎・岩助・留助の四人は、笛吹の船泊に船を係留すると、笛吹の町を貫く本通りを北に三丁（三百三十メートル）程歩いたところに、野崎宿と言われる野崎島の人たちだけの常宿があった。宿の主は野崎村出身の佐平治といった。佐平治に挨拶を済ませると、私用の荷物をひとまとめに預けた。

「さあ、旦那様に挨拶に行くぞ」

四人は土産に持って来たたくさんの山芋や椿油を手に雇い主のところ目指して歩いた。

岩助、留助が雇われる室積屋は様々な品物を扱う廻船問屋で、本通りを港に向かうとすぐ左手にあった。目の前は笛吹の港である。大きな瓦葺の二階屋であった。

そもそも舟森の集落の始まりは、室積屋が大村で処刑寸前の三人のキリシタンを匿い、野崎島の南端である舟森の地に住まわせたことによる。それは今から二十二年ほど前の弘化二年頃の事であった。それ以来、舟森の衆は室積屋の主人のことを旦那様と呼び、毎年の年賀には欠かさず村人が訪ねる関係である。

九州の各地の港のほかに遠くは大坂あたりまで様々な物を運び、帰りは島で不足している古着や雑貨類を運んできた。岩助、留助の二人はここの舟子として働く約束となっている。

一方の長吉と又五郎が働く予定の小田組は笛吹港の正面に広大な屋敷を構えており、小値賀一の大商人であった。捕鯨業や海産物を扱う商いの他に酒造業、廻船業さらには新田開発なども広く手掛けており、その仕事は小値賀にとどまらず壱岐、対馬、平戸、博多など北九州一円から大坂や江戸まで及んでいた。平戸藩の御用商人としての立場で名字帯刀が許され、毎年多額の運上金を藩当局に収めており、西海を代表する商業資本家である。

江戸時代の中頃の五島は日本最大の鯨捕りの漁場だった。最盛期には年間百五十頭もの鯨が水揚げされている。

特に、上五島の有川村の江口甚右衛門が始めた江口組は全国的にもその名を知られ、有川村には多くの出稼ぎの漁民や樽職人などが西日本の各地から来島した。鯨納屋には樽や漁網づくりの職人で溢れ、港には鯨油やその肥料を扱う廻船が行き交い、多くの出店や旅籠が立ち並ぶ殷賑の町だった。

一頭の鯨を捕獲するのに勢子船《せこぶね》十二艘、持双船《もっそうぶね》二艘、網船四艘、市船（イサバ）二艘の船団が必要となるため、多くの漁民が雇用された。出漁のための人員が凡そ三百人、さらには捕獲した鯨の解体のための納屋場の人員も凡そ二百人に及んだ。

最盛期には有川村の江口組だけで、一年間に八十三頭もの漁獲を上げている。

山並みが海岸近くにまで迫った五島の浦々は、昔から貧困と飢饉が日常であった。そんな五島の村々が鯨組の出現により、西海の辺境の島から九州でも有数な豊かな町に生まれ変わった。魚目浦の榎津村や有川浦の有川村、小値賀の笛吹村はその代表的な村であった。

しかし、幕末のこの頃になると、アメリカ船による大量捕獲により、日本近海の鯨の捕獲量が激減し、明治以降の五島での産業資本の蓄積にはつながらなかった。

正月明けのこの時期は北上する上り鯨が回遊するため、笛吹の町は忙しくなる。

「鯨一頭で近隣の七浦が潤う」といわれるくらい地域に及ぼす影響は大きかった。

長吉と又五郎は上がり鯨を捕獲する小田組配下の西海新組の納屋での網の修理や鯨の骨を砕いて大釜で煮込んで作る鯨油を保管する樽づくりの臨時の職人として雇われた。

四人は笛吹の町で懸命に働いた。何としても長崎に行き、大浦天主堂の神父様から洗礼の栄誉に欲したいとの一念だった。

野崎島の弥八や忠兵衛からの呼び出しは、意外にも早く訪れた。それは二月末で仕事を切り上げ島に帰って来いとのことだった。

洗礼

笛吹での仕事を二月末で切り上げた四人は、給金を残らず蓄えて島に帰ってきた。すぐに長崎に向かう準備に取り掛かり、三月四日には六人揃って船出することになった。

全体を取り仕切るのはすでに長崎行きを経験済みで最年長の忠兵衛である。

明け六ツ（午前六時）には野首の西の浜から漕ぎ出した。椿の赤い花とつわぶきの黄色い花が咲き乱れ、島が最も美しい季節だった。野崎島から外海半島の出津までは海上約八十キロメートルである。二丁艪の天戸船（中央部に蓆を張って雨を凌げるようにしている船）で、春先特有の西風を受けながら波高い五島灘を懸命に交代しながら艪を漕いで、やっと出津の小さな船泊に船を着けたのは七ツ（午後四時）過ぎた頃だった。その日のうちに陸路を浦上村の甚三郎宅を目指して歩いた。甚三郎宅に着いたのは暮れ六ツ半（午後七時）過ぎていた。いつも世話になっている甚三郎に五島のアジの干物やヒジキの土産を渡すと、疲れからすぐに甚三郎宅の小さな納屋の土間の上にむしろを敷いて身を寄せ合って死んだように眠った。

甚三郎は浦上三郷の中でも人格見識とも優れており、高木仙右衛門と並んでリーダー的存在であり、何かあれば野崎島の若者は甚三郎を頼りにしていた。

甚三郎の話では、今の浦上村全体は静まりかえっているが、いつキリシタンとしての立場を現すかでピリピリとしており、また秘密の聖堂を村内の四ヶ所に作り、深夜にはそれぞれに集まって教義の学習に余念がないとのことであった。

朝早く甚三郎の家を出た六人は、長崎の大波止目指して歩いた。

一本木の甚三郎の家から大浦天主堂までは約一里半（六キロメートル）の道のりである。

いつも寡黙な忠兵衛がやたらとしゃべりかけて来る。

「どうだ、長吉。驚いただろう。どこを見ても家が立ち並んでいるじゃろが」

「あんな山の上にも家があるばい。どがんして百姓もせず飯を食うのじゃろか」

長吉たちには町の生活そのものが理解できなかった。

中島川に沿ってしばらく歩いていくと、長崎港を見下ろす高台に長崎奉行所の大きな門構えが周囲を威嚇するように建っていた。急いでその前を通り過ぎると緩やかな下り坂に差し掛かった。目の前は奥深い長崎港の突き当りで、大波止と呼ばれていた。

「ここら一帯は五島町と言ってな、その昔キリシタンだった五島の殿様が勢力争いに敗れて、家来と一緒に移り住んだのが始まりだそうだ」

忠兵衛は誰から聞いたのか訳知ったようなことを言った。

「あそこに五島屋という旅籠の暖簾が見えるばい。今晩はあそこに泊まろうか。ちょっと一晩いくらで泊めてくれるか聞いてくるから、ちょっと待っとけ」

というなり、忠兵衛は五島屋の暖簾をくぐり、何やら話しかけていた。

「納戸部屋を一人五十文で決めてきたよ。今日も雑魚寝でよかね。それにしても汗臭いな。こん町には湯屋と言って銭を払うと湯に入れるところがあるとのことだ。今日はそこで汗を流そうで。明日は晴れの洗礼式だ。月代《さかやき》もひげも剃って身ぎれいにして恥ずかしくないようにせんといかんばい」

忠兵衛はそういうと、五島屋の手代を捕まえて、その湯屋とかいう風呂屋の場所を聞き出そうと話しかけていた。

五島屋の狭い納戸部屋に荷物を置くと、早速手代から教えられた風呂屋に行くことにした。そこは諏訪神社という長崎では一番の大きな社の近くで、周辺には多くの町屋が立ち並んだ大層賑やかな場所だった。その湯屋は大通りに面しており、「肥前湯」と言う看板が遠くから見えた。

野首や舟森で風呂を持っている家などなかった。生まれて初めての風呂である。何をどうしたら良いかさっぱり分からなかった。ただ、風呂代は予め宿の手代から聞いていたので安心して、お湯に浸かることができた。

「それにしても湯屋と言うのは結構なもんだね。お陰で生まれ変わったような心持だ。生まれて初めて、足をのばして湯に浸かったよ」

と舟森の留助が言うと、一同揃って首を上下した。

納戸部屋とはいえ、湯に入ったことから体が温まりゆっくりと足を延ばして眠ることができた。頭をよぎるのは明日の洗礼の晴れ姿だった。

翌朝、五島屋での支払いを終えると、霜柱が立った寒い中を大波止の海岸を目指して歩いた。人目のない場所を選びカンコロとアジの干物を取り出して朝飯とした。そして、六人内揃って、静かにオラショを唱えた。

そして各々、風呂敷から着替えの晴れ着を取り出し、こぎれいに身なりを整えた。

紋付き袴の正装は忠兵衛と長吉の二人だけで、あとの四人はこざっぱりした着流しの着物に角帯を締めてそれなりの体裁を整えていた。元結も整え、無精ひげもきれいに剃り、新品の草履を履くとそれぞれがまるで別人のように見えた。

五ツ半（午前九時）に大浦天主堂に着くと、予め合言葉を決めていたので門番の案内ですぐに教会の中に招き入れられた。

祭壇の前に膝まずくと、誰からもなくオラショを口ずさむ声が聞こえ、皆それに倣って唱和した。しばらくすると祭壇の後ろから黒い聖衣を着た神父と従者二人が現れ、忠兵衛たちにねぎらいの言葉をかけた。

「私は神父のクゼンと申します。本日は遠い五島からご苦労様です。実は先月の二月六日から十七日まで五島鯛ノ浦の松次郎さん宅に隠れて教理を教え、洗礼、告白、聖体を授けて来ました。本来ならばプチジャン神父が五島に行くべきところでしたが、プチジャン神父は日本駐在教皇代理の要職に就いて横浜に赴任したため、やむを得ず私が代理として行きました。松次郎さん宅の二階の押し入れの中に小さな祭壇をつくり、五島を代表する二十六聖人の一人であるヨハネ五島のための聖堂としました。このヨハネ聖堂でミサを執り行い、百名以上の信者に洗礼を授けてきました。いまや五島でも大変厳しいキリシタンの探索が行われています。私も手拭いで頬被りし、藁草履に角帯の和服姿で変装し、司祭服と聖具は風呂敷包んで背負って明け方早くに密かに上陸した次第です。そんな中で本日は皆様方が神と一体となり、新しい生命を授けられるお目出度い洗礼です。改めて皆様おめでとうございます。まず、主に感謝をささげるミサを執り行いましょう」

といってクゼン神父は聖体祭儀のミサを厳かに執り行った。

キリスト教徒にとって、感謝の祭儀であるミサに接することは最良の喜びで、その厳かな式典にただただ恐縮するばかりであった。

やがてミサが終わると、クゼン神父は受洗者の紹介のため、一人一人の名前を呼びあげた。

それから洗礼式の手順が説明された。まず、カトリック信者にとっての十字架の意味を分かりやすく説明し、諸聖人への誓い、解放を求める祈り、信仰の宣言と流れるように続き、いよいよ洗礼のクライマックスである洗礼水での祝福となった。一人一人の名前を呼びあげながら、私は父と子の精霊のみ名によってあなたに洗礼を授けますと唱えながら一人一人の頭部に三度水を注いだ。そのあとは、新受洗者に精霊が与えられたことを示す聖香油（オリーブ油）で額に十字架の印をつけられた。最後にキリストを身に纏うことの証明として背中に白い布をかけられ、さらにキリストが受洗者を照らし、自らも世の光になることを現すロウソクを授けられた。新たに神の子供となり、新しい命を授けられた新信者は、キリストの体と血である命の糧（ぶどう酒に浸したパン）を受けてから、クゼン神父から祝福の言葉を受けた。

荘厳で厳粛な洗礼式を終えた忠兵衛たち六人は、改めて信仰に生きる喜びに打ち震え、サンタ・マリアの御像の前に膝まずいていると、クゼン神父から洗礼名を皆様に与えますとの言葉があり、祭壇の前で一人一人の洗礼名を呼びあげた。

ジワン忠兵衛
アントニオ長吉
ドメゴス又五郎
トマス岩助
ミカエル留助
パウロ兼吉

大政奉還も目前の慶応三年三月六日（陰暦）の春とはいえ、ときたま小雪が舞うまだ寒い朝の事であった。

第二章

新天地

無事に野崎島に帰り着いた忠兵衛たちは、昔から口伝されてきたコンチリサンの祈りを繰り返した。神父がいなくなり、告白が出来なくなったときはこのコンチリサンの祈りを唱えるように教えられてきた。さらにクゼン神父から頂いた、文字をあまり読めない一般信徒向けにやさしく解説された公教要理（ドチリナ・キリシタン）を繰り返し学習するのも日課となった。

それまで島の中で閉塞し、外部との付き合いは殆んどなかったこれまでの生活が一変し、積極的に五島の居着の村とも行き来し、笛吹や平戸城下にも出かけるようになった。

しかし、どこで聞いてもキリシタンへの探索は厳しく、これまで以上に厳しさを増して危険な状態が続いていた。

五月になると、長崎の浦上村本原郷の村人から庄屋高谷官十郎に対して死人の自葬問題で申し入れが行われ、すぐに長崎奉行所に届けられた。その申立書はすぐに写しがとられキリシタンの組織を通じて野崎島にも届けられた。

それによると浦上村村民の訴えを次のように記してあった。

〈私たちは先祖からの申し伝えがあり、天主教の他は何宗にても後生の助けにはなりません。来世の救済を保証してくれるのは「天主教」（キリシタン）だけであると考えている。これまでは幕府の御大法であったので、仕方なく檀那寺聖徳寺の引導を受けてきましたが、今後はできません。

人間には「アニマ」という魂があって、死後は極楽というありがたいところへ生まれ変わると大浦天主堂の宣教師は諭している。

檀那寺その他の何宗に限らず仏教寺院では、霊魂の救済をしてくれません。キリシタンだけが唯一来世の救済を実現してくれるものであり、檀那寺への形だけの帰依はもはや耐えられません。よって、今後は天主教を奉じ、檀那寺の引導は受けず、埋葬致すことをお許しください。また、御大法に背き奉る段、いかにも恐れ入りますが、宗門一条につきましてはいかなる厳罰に処せられようとも、甘んじて受け申す覚悟です。〉と申し出た。

その数は、本原郷四百戸、家野郷百戸余、中野郷二百戸というように浦上の大半七百戸以上に及び、これまで通りの寺参りをすると答えたのは僅か三十戸に過ぎなかった。浦上の人々は公然と信仰を表したのである。

しかし、自葬と檀那寺との関係断絶の申し立ては、江戸幕府以来の祖法である寺受制度に対する完全否定であり、許されざる行為でもあった。

七月十五日の朝方、大雨が降りしきるなか、いきなり長崎奉行徳永石見守の命により公事方役人安藤弥之助の指揮する捕手数人が本原郷の秘密教会に踏み込んだ。高木仙右衛門、岩永友吉、守山甚三郎のリーダーを含む六十八人が捕らえられ、桜町の牢（現在の長崎市役所前）に入れられた。こうして「浦上四番崩れ」と言われるキリシタン迫害が始まった。

こうしたキリシタンに関わる情報はすぐに特殊な連絡網によってもたらされた。

「浦上の甚三郎さんたちが捕まって牢に入れられたそうたい。酷か拷問ば受けていなさるみたいだ」

忠兵衛はもたらされた回覧文書の内容をすぐに会合を開いて皆に伝えた。

これまで何度となくお世話になり、手紙のやり取りをしてきた身近な甚三郎の捕縛と六十八人に及ぶ入牢は野崎島のキリシタンたちに激しい動揺と不安を与えた。

キリシタン信徒に対する幕府の強圧的な弾圧は、開港して間もない長崎の居留地にあるプロシア、フランス、アメリカなどの各国の領事館からも人道に悖《もと》る行為として激しい抗議を浴びたが、我が国の内政に関わることだとの一点張りで撥ねつけられた。

長崎の動きと連動するように五島各地でも藩の手先となった密偵が動き出し、密かに村々の内実を調べ上げていた。五島の指導者である鯛ノ浦のドミンゴ松次郎も探索が厳しくなったことから、慶応三年四月にはより不便で目立ちにくい頭ヶ島に引っ越して、自らの小さな自宅を伝道師養成所とした。そこに来島二度目となるジワン神父を迎え、多くの貧しい信者たちに秘跡を授けている。この松次郎の住居跡に今回世界遺産登録された石造りで有名な頭ヶ島教会が建っている。

松次郎は五島におけるキリシタンの指導者として五島藩から厳しい追っ手を掛けられていた。島内に潜んで暮らす名もなき信者たちに教義の布教と洗礼を授けるために曽根、茂久里、冷水、江袋、若松島大平と移動を繰り返し、ある時は山中に潜み、ある時は床下の芋窯の中でロウソクを灯しながら貧しい信者に洗礼を授けた。プチジャン神父からの信頼も篤く、明治二年五月にはプチジャン神父に伴われてルソン島のマニラに赴き、有名な「ロザリオ記録」の翻字を完成させ、十一月には再び長崎に舞い戻った。長崎に帰ってきた松次郎は、目立つ行動は控えて、静かに暮らすようになった。一方、ローマから香港、マカオを経由して再び日本に戻ってきたプチジャン神父は、マカオから二十六聖人の一人であるヨハネ五島の遺骨の一部を持ち帰り、のちに五島の堂崎教会に収めている。プチジャン神父は、横浜で極東及び日本への布教の中心人物となり、盛んに松次郎に協力を求めたが、松次郎は長崎を離れることはなかった。自分の家をみなし子たちの施設として開放し、十数人の身寄りのない子供たちを娘四人（長女しの、次女まき、三女とく、四女かを）に手伝わせながら育てた。娘四人は皆「幼きイエズス会」の修道女として生涯をささげた。日本人の手で始められた最初の児童福祉施設だった。

晩年の松次郎はまるで乞食のような身なりであったため、余りの事から昔を知る人が衣類を恵むとそのまま他の貧しい人に分け与えてしまった。明治三十五年、六十八歳で亡くなった。あれほどの学識と識見を持ちながら、プチジャン神父の誘いに乗ることはなく、あくまで清貧を貫き通した人生であった。誰からも「ドメゴスさん」と慕われた松次郎は、青年時代の迫害の嵐を潜り抜けた思い出の地の五島にはついに帰ることはなかった。

様々な情報がこの小さな島である野崎島にももたらされた。それだけ人の移動が多くなり、世間が混沌とし先行きが見えない時代の到来を予感させた。

芋堀りも終わった慶応三年十一月の中旬頃だった。笛吹の町に魚を売りに行った野首の作蔵という若者から大変な報せがもたらされた。

「徳川の将軍様が大政を朝廷にお返しになって、幕府は倒れたとのことだ」

と笛吹の浦役所で聞いたというのである。浦役所とは、町人や百姓を取り締まる平戸藩の出先機関である。

「徳川の世が終わったということか。それで、新しく天朝様の世の中になるというのか。

天朝様とは何ね」

長吉たちには何が何だかさっぱり分からなかった。これまで、島の外の事を意識することもなく、ただその日その日を生きるために精一杯だった。都市部の町人や百姓と違い、地方の庶民は簡単な読み書き程度すらできない文盲同然の有様だった。統治する側からすれば、庶民に文字を与えないことが封建制度の根幹で身分制度を維持する唯一の方法だったのである。しかし、今の自分たちの生活や暮らしが長崎に行って初めて中央の動きと決して無縁でないことが分かり、文字を知らないことがいかに無力かということが分かってきた。

「京に天子様という偉い人がおり、このお人を中心に薩摩や長州のお殿様や有力諸藩のお偉方が寄り集まって政《まつりごと》を行うみたいだよ。そいで平戸の殿様も江戸を引き払い、天子様のお味方をすると聞いたばい」

作蔵は笛吹で噂されていることをそのまま皆に伝えた。

しかし、この島では世の中の動きに取り残されたように何も変わっていなかった。相変わらず笛吹の町には二本差しの侍集団がおり、自らの存在を誇示するかのように闊歩していた。身分制度の垣根は絶対で侍は農民や漁民の上に君臨していた。

慶応四年の正月が明けると早々に京都の鳥羽伏見で官軍と幕府軍との大規模な戦闘があ

り、幕府軍は徹底して打ち負かされた。官軍への抵抗を恐れた将軍慶喜は大坂城から江戸に僅かの側近を連れて軍艦で逃げ帰り、そのまま上野の寛永寺に謹慎し恭順の態度を現した。

こうした動きはすぐさま幕府直轄地である長崎の町にも伝わった。鳥羽伏見の敗戦の報がもたらされると長崎奉行の河津祐邦《すけくに》は一月十五日には船で江戸に逃げ帰った。そのため、無政府状態となった長崎の町を維持するため、長崎駐在の各藩の聞役などを中心に暫定的に長崎会議所が設立された。二月二日には長崎裁判所という行政や司法を包括した組織が出来てその総督として公家の沢宣嘉《のぶよし》が、参謀として長州の井上聞多（後の井上馨）が赴任してきた。さらに五月四日には長崎裁判所も廃止され新たに沢宣嘉を初代府知事とする長崎府が設けられた。

この間、江戸では新政府軍（官軍）への江戸城の引き渡しが行われ、名実ともに江戸幕府は滅んだ。薩摩、長州などの雄藩を中心とした新たな明治新政府は「王政復古」や「祭政一致」の理念を実現するため神道を国の基本理念とし、いわゆる「神仏分離令」を太政官布告として発した。これをきっかけに全国で「廃仏毀釈」運動がおこり、世の中は一段と騒然としてきた。これまで神仏混交の慣習を否定し、「神道と仏教」「神と仏」「神社と寺院」を区別せよとのことであった。

当然、五島を含めたこの地域一帯も廃仏毀釈の運動が盛り上がり、これまで寺請制度で生活のすべてにおいて寺から管理されてきた怨念は、いたるところの寺院の破壊や僧侶への弾圧となって現れた。ここ沖ノ神嶋神社でも古くから大切にしてきた多くの仏像、経典、仏具などが取り払われ、焼却された。

小値賀島だけでも西林寺、長楽寺、一念寺、萬福寺、光明院など数多くの寺院がこの時期に廃寺となっている。

神道が国の根本と位置付けられたことにより、これまで何かと仏教の風下に置かれていた神官をはじめとした社人たちは自分たちの世が来たと俄然勢いづいた。

野崎村の社人集団も同様で、これまで見て見ぬふりであった野首や舟森の居着き集落への態度が一変し、何かと干渉し居丈高になった。

沖ノ神嶋神社の大祭などもこれまでは氏子として注連縄づくりや神楽の手伝いなどいろいろな負担を課せられていたが、なぜか今年に限って無視され何も言ってこなかった。また、磯でのワカメやアオサなどの採収、さらには山の薪拾いやツワブキやキノコ採り等についてもやたらと口うるさくなった。

小値賀島は山林が少なく、昔から薪の採取は高い山が連担する野崎島に頼っていた。野崎島での樹木伐採の権利は沖ノ神嶋神社周辺を除き、小値賀島の笛吹、前方、柳の各郷と野崎郷が持っていた。北部は柳、南部は笛吹、西斜面は前方、東斜面は野崎郷と伐採できる範囲が地区ごとに決められていた。小値賀島本島の住民にとって、野崎島は薪炭材を提供してくれるエネルギー供給のなくてはならない大切な島であった。

後から住み着いたいわゆる居着きである野首と舟森の住民には、薪拾いや海産物の採取する権利すら認められていなかった。

それでもこれまでは各郷が取り残した薪を拾うことは黙認されてきたが、いまでは野崎郷の社人たちからやかましく言われるようになった。また海岸での海藻や巻貝の採取も口開けが済んで暫く経過するとこれまでは何も言われなかったが、やかましく罵倒されるようになった。

こうした微妙な風向きの変化は、忠兵衛や長吉たち若者に敏感に伝わった。

「俺たちのこれまでの動きが漏れたかもしれない。聞くところによると笛吹の押役所や郡代役所にもたびたび庄屋共が呼び出され、野崎郷の神主の岩坪様も盛んに出入りしているとのことだ。また、近いうちに別当の萬福寺の和尚が野首や舟森に来て、人別改めを厳しくやるとのことだ」

と忠兵衛が深刻な顔で言うと、油煙の多い鯨油で照らされた野首と舟森の参加者の顔は一応に不安な面持ちになった。

別当とは、神仏習合の時代に「神社すなわち寺である」とされ、神社の境内に僧坊が置かれ、神社と寺は混然一体となっていた。明治維新までは、神社で最も権威があり、宮司は別当の下に置かれていた。

「そうすると、浦上の衆みたいにおいたちも捕縛されるのか。幕府も倒壊し、新たな時代が来るものと期待していたが、新たに着任した長崎の府知事殿はキリシタン禁制の高札をそのまま掲げたままだそうだ。

新政府の命により、百十四名もの浦上の人が各藩にお預けとなり、六月一日から順次中心人物を各藩に移送することが決まったのです。萩に六十六人、津和野に二十八人、福山に二十名、合計百十四名を長崎港から蒸気船に乗せて移送したそうだ。

五島の居着きの村々でもひと騒動になりそうだという専らの噂だ。飯炊きの薪も採るな、海岸に落ちているミナも採るな、ワカメやヒジキも採るな、どがんしたら生活できるとか。それにこん小さな島じゃ、どこにも逃げられんばい。俺たちはどがんすればよかとか」

又五郎と岩助が顔を真っ赤にしながら激しく意見した。

「長崎の神父様から聞いたことだが、徳川様の世が終わってもキリシタンご禁制の禁は解かれていないそうだ。新しくできた政府の太政官とかいう役所からそげんなお触れが出たそうだ」

一　切支丹邪宗門の儀は固く御禁制たり、若不審なるもの有れば、その筋の役所に申し出れば褒美を下さるべき事

慶応四年三月　　　　　太政官

「おいたちは静かに信仰生活ができれば何も不足はなかたい。だがこのまま日本におっても信仰を守ることは困難と思うが皆はどう考えているのか」

長吉は何か思うところがあるのか、訳の分からないことを言った。

「長吉さん、日本におっても信仰は守れんとはどういう意味な」

舟森の弥八と野首の忠兵衛が同時に長吉に尋ねた。

「はっきり言うと、おいはこの野崎島を捨てた方が良いと思っている。日本におっては、とうてい神棚を打ち捨て、心安らかに教えを守っていけるものではない。思い切って、無人島でも探してそこに移住した方が良かと思っている。笛吹の漁師から聞いたことがあるが、日本国と朝鮮国の間にいまだどちらの領土でもない竹島という無人島があるとのことだ。その島は、大きな木や竹が生い茂り、アワビさえもその竹に茂っているそうだ。これこそ理想の移住先だ。何人かでこの島の探検に出かけようではないか」

余りに突拍子もない長吉の提案に誰もしばらくの間発する言葉もなかった。

「上五島の沖合で昔沈んだ高麗島の伝説は皆も聞いたことがあるだろう。この高麗曽根から北東の方向にひたすら進むと二、三日で目指す竹島があるとのことだ。絶海の孤島で誰も住んでなくて、たまに出雲や隠岐の島の漁師たちがアワビやワカメの採取のため渡ることがあるとのことだよ」

と長吉は聞き知ったすべてを話した。

ちなみに、松江藩士であった斎藤豊宣《とよのぶ》が寛文七（一六六七）年著わし、その子斎藤豊仙《とよひと》が補訂したと考えられている『隠州視聴合記（紀）』によれば、

「隠岐から亥（北北西）の方四十里（百六十キロメートル）にして松島あり、周囲一里ほどにして生木なく、岩山なり。また、酉（西）の方七十里（二百八十キロメートル）にして竹島あり。古よりこれを磯竹島と言う。竹木生い茂り、大島の由。これより朝鮮を望めば、隠岐より雲州を見るより近し」とある。つまり、江戸時代には竹島は松島と呼ばれおり、現在の韓国領の鬱陵島が竹島と呼ばれていた。

鬱陵島は直径十キロメートルほどの火山島で、韓国本土からの距離は沖合百三十キロメートルで、面積は七十二・八二平方キロメートル（野崎島の約十一倍）の比較的大きな島である。

古くから倭寇の跋扈する島で、この島を拠点に朝鮮の各地を襲っていた。鎌倉から室町時代にかけて、五島には松浦党と称する倭寇集団がいた。肥前松浦三十六島に跋扈する地頭や土豪は一揆契諾状を取り交わし互いに助け合いながら朝鮮半島に渡って、交易を求めたが、やがて武力による略奪が横行するようになった。

かの国の法を恐れず、専ら貪欲の道にいそしみ、かの地を踏みにじり、海に出て強奪の限りを尽くしたのである。

地理的に最も近い五島の有力土豪も当然のように鬱陵島を目指した。倭寇の害悪に苦しめられた李朝鮮王朝はそのために同島の無人化政策をとったため、長い間無人島のままであった。元和四（一六一八）年、幕府は米子商人大谷、村川の両人に対して竹島（鬱陵島）への渡航許可を与え、アワビやワカメの採取を認めた。その後、五代将軍綱吉の代になり、日本人の鬱陵島への出漁禁止の措置が取られた。そのため長い間にわたって領有権争いがあったが、昭和二十七年のサンフランシスコ平和条約により、日本は済州島、巨文島、鬱陵島の領有権を放棄した。なお、竹島の領有権については、サンフランシスコ平和条約では何も触れられていないため、現在日本と韓国の間で領有権についての争いが外交問題となっている。

長吉が聞いて来た竹島の噂は現在の竹島から北西に八十六キロメートルかなたにある鬱

陵島の事と思われる。確かに鬱陵島へは江戸時代の初めの元和四（一六一八）年、伯耆の国の町人たちがアワビの採取の目的で幕府に渡航願いを提出しており、現にアワビの採取に従事していた。そうしたことが広く漁師の噂話として伝えられてきたのだろう。

「何もここで決めることはなか。もう少し、竹島の事も調べないかん。ただ、あまり時間はなかぞ。いつ、小値賀から役人どもが押しかけて来るかもしれん。何だったら若っか者だけで先に竹島探索に行った方がよかと思うがどう考えるね」

長吉は新天地を求め、そして安住の地を探そう。そのためにやれることはやってみようじゃないかと訴えた。

「長吉さんのいうことも一理たい。野崎島も年々手狭になっており、これ以上所帯が増えるとやっていけなくなる。このまま島で穏便に暮らせるとはおいも思うちょらん。二、三日で行ける島があるなら探しに行こうじゃなかね」

舟森の留五郎が長吉の提案に賛同を示すと、弥八や幸次郎もうなずいた。

しかし、いくら船の操舵に慣れた島の漁民といえども、遠くのどこにあるかも分からない竹島の探索はあまりにも無謀な計画であった。

翌日のことである。長吉の家を忠兵衛が訪ねてきた。

「長吉、おいも竹島探索に加えてくれ。おいたちは所帯を持ってまだ日も浅いが、ミツともよく相談したが新たな移住先があればそこに行きたいと願っている」

「忠兵衛さんが行ってくれるのであれば十人力たい。これで話は決まった。あれから弥八さんや上五島丸尾の鶴松さんも加えてくれと言って来た。合わせて六人たい」

「六人も一緒であれば船の艪漕ぎも難儀なかたい。そいで、いつから出発するとか」

忠兵衛は一番の物知りらしく、矢継ぎ早にいろいろと聞いてきた。

「すぐに長崎に渡って、探検のための準備をせねばならない。何よりも大切なことは竹島の事をもう少し調べんといかん。長崎だったら多少の手がかりが得られると思っているがどうかね」

長吉も自ら言い出したことであるが、これまで五島周辺の海域しか経験がなく、陸が見渡せない沖合に出たことは一度もなかった。

「そうたい。準備が肝要たい。まず、食料の手配、さらには方位磁石や多少の武器も必要だ。竹島の事については、日本海を運行する廻船業者の船乗りたちに聞けば少しは分かるかもしれない。また、多くの書物を扱う好文堂という書店もあり、そこでも調べてみよう。船は野首からキンナゴ漁に使う船があればよかじゃろう」

さすがに忠兵衛だけあって、考えは緻密で他の者が及びもつかないことを言った。

「忠兵衛さん。早速長崎に渡りましょう。浦上の衆や神父様からも知恵を貰おう。そこでお願いだが、何をするにも先立つものは銭だ。忠兵衛と弥八さんの名で村の衆から銭集めをお願いしたい。さらには、笛吹の旦那衆から少しでも借り集めて貰いたい。その際には、野首も舟森も連名で証文を出してもらうしかないと思っている」

食うものも食わずの生活を送っている野崎島のキリシタンにとって、現金は最も縁の薄いものであった。

八月に入ると長吉、留五郎、幸次郎の三人は、竹島探索の物資の買い出しに長崎に向かった。幕府はすでに瓦解し、新たな政府が樹立されていたが、会津を含めた奥羽諸藩は激しく抵抗し内戦状態にあった。長崎の町も無政府状態で、寄せ集めの諸藩の兵士が昼夜に関わらず警備していたが、市内の治安は乱れ不穏な空気に包まれていた。それでも新たな時代の風は、様々な商人や外国人を呼び込んで至る所で建築ブームが起き、新時代を予感させる熱気がみなぎっていた。そうした時代の変革はこれまでの封建的な身分制度の垣根を根底から打ち破ろうとしていた。

竹島へ

明治元（慶応四年は九月八日で明治に改元）年九月二十日の明け六つ半（朝七時）には、

長吉たちを乗せたキンナゴ船は北東の風に小さな帆を孕ませ一気に野首の西の浜から船出した。

潮の流れもよく、海上は穏やかな順風が吹いていた。

持ち船は六尋一寸（約九・六メートル）の三年物で四丁艪仕立てに小さな帆を張っていた。船首の方に、蓆で簡単な三角屋根を覆ったにわか仕立ての船であった。

積み荷はカンコロ、味噌、魚の干物、飲み水、炭、その他に長崎で買って来た酒五升と南京米四百斤、望遠鏡一個、方位磁石三個、鉄砲四丁などの食料と物資を積み込んでいた。

「目指すは、竹島ぞ。一同、油断すっな」

「俺たちのパライソ（天国）の島ば見つくっぞ」

「そーれぎばれ（頑張れ）」

「そーれぎばれ」

船頭格の長吉の勇ましい掛け声とともに、六人を乗せた船は朝もやの中を一路まだ見ぬ竹島を目指して勢いよく船出した。

海は波一つないべた凪であった。

野首の港を離れた船からは小値賀島の黒い松並木がまじかに見えていた。船は笛吹の鼻先を左に舵を切り、小値賀島の属島である宇々島や大島を右に見て津和崎瀬戸を横断し、魚目半島の西海岸沿いを南下していった。

山々が海に迫り、わずかに開けた海岸縁に小さな集落が点在している。集落の裏山は頂に至るまで耕された段々畑である。多くが外海地方から移住してきた貧しいキリシタンの集落であった。

昼過ぎには下五島の三井楽沖に浮かぶ姫島を遠方に眺めるところまで来た。

「あんな小さな姫島にもキリシタンたちが住んでいるらしい。見てみろ、平なところはどこもなかばい。それに野崎島よりだいぶ小さか、さぞや難儀な暮らししたいね。島は小さいけれど姫島には伝道師として名の通った豊次郎と沢二郎と言う二人の優秀な若者がいて、五島の至るところで伝道していると聞いたことがあるばい」

忠兵衛は厳しいであろう姫島の暮らしをおもんぱかるとともに、キリシタンの未来を信じて日々活動している若者二人のために懐のロザリオを握りしめ、口の中で姫島のキリシタンたちのために祈った。

五島では、昔からこの姫島と久賀島を結んだ線上からまっすぐ五十キロメートルほど北上したところに、一夜で海底に没した高麗島があり、その没した浅瀬を高麗曽根といった。そこは、五島の漁師にとっては格好の好漁場として知られていた。この高麗曽根をさらに北上すれば朝鮮国に行きつくことは五島の漁師であれば誰でも知っていた。

小値賀島の伝説によると、〈往時、小値賀島の所属に土高麗（後に牛島）と称する島あり。永正四（一五〇九）年、源（松浦）盛定この島に渡り茶碗を持って帰る。後年その島崩没して瀬となる。人はその場所を呼んで高麗瀬あるいは高麗曽根という。その島牛を産する。いま小値賀島に存し高麗牛という。けだし、高麗牛の名はその先祖高麗に出たるを由とする。〉とある。この伝承によると高麗島（高麗曽根）にいた牛と小値賀島にいた牛を掛け合わせた牛が五島牛の由来となっており、その高麗島は小値賀島から西方六十キロメートルの地点にあり、小値賀島の属島で面積は小値賀本島の二倍ほどであったという。

長吉たちも、この言い伝えを頼りに高麗曽根を目指し、さらに北上して朝鮮国方面を目指して舵を切ったのである。そこには、対馬海流が流れており、船は黙っていても高速で北の方に流された。一刻ほどで目指す高麗曽根の真上に差し掛かった。

急に透明度が増し、濃い魚影のすき間からは人為的と思える階段状の石垣や多くの四角い切石がはっきりと見える。

艪《ろ》を持つ手の後方には五島列島の島々がかすかに浮かんだように見えている。

「ここは五島の漁師にとって宝の山みたいなものと聞いてはいたが、それにしてもすごい魚の群れだ。鯛《たい》や鰤《ぶり》がそこらじゅう泳いでいるばい」

野崎島で一番の漁師と誰もが認めている弥八が感嘆の声をあげると、皆、一斉に相槌を打った。

高麗島は、その昔多くの人が住んでいて豊かに暮らしていたが、ある日一人の不心得者が石の地蔵の顔を赤く塗りつぶしたところ、一夜にして島が沈んでしまったという伝説が伝わっている。その顔を赤く塗られた地蔵と伝えられてきた首の長い石仏が、今でも「首長地蔵」として久賀島に大切に祀られている。

船は陽が落ちる前には高麗曽根を通過した。すでに視界に入るものは海鳥と繰り返し打ち寄せる波濤以外は何もなかった。見渡す限りの大海原である。

長い一日が終わろうとしていた。船は帆を孕ませたまま滑るように北上していた。

長吉は潮の流れが急に早くなり、うねりも強くなってきたような気がしていたが、そのことには何も触れなかった。

「穏やかな夜だね」

長吉が、月夜に照らされた海を見つめながらつぶやくように言った。

「今日はご苦労でした。酒でも飲んでゆっくりしてください。あと二日も走れば竹島に行きつく予定だ。交代で舵取りをするので他の者はゆっくり足伸ばして休んでください」

と言うなり、長吉は笛吹の鯨納屋で覚えた祝い唄を自ら手拍子を取りながら歌い出した。

ここの姉《あね》さんな（奥さん）　気の利いた人よ　ハーヨイヨイ
今日は石撞《つ》く　ヤレ　餅くれる
ハーヨイサノ　コレワレサイ　ヨイサノ　ホーイホイ
ここの姉さんな　いつ来てみても　ハーヨイヨイ
茜《あかね》たすきで　ヤレ　金量《かねはか》る
ハーヨイサノ　コレワレサイ　ヨイサノ　ホーイホイ
ここのお庭に　胡麻の木植えりゃ　ハァーヨイ
キビナゴ獲れ獲れ　どなたの網も　ヤレ　千や二千は朝の間に
ハーヨイサノ　コレワレサイ　ヨイサノ　ホーイホイ
鶴が　舞う舞う　この家の屋根で　ハァーヨイ
祝い繁盛と　ヤレ　舞い上がる
ハーヨイサノ　コレワレサイ　ヨイサノ　ホーイホイ

長吉は前途に明るい望みがあることのみを考えて明るく振舞っていたが、他の五人の様子を見れば手酌で静かに飲んでいるものの、緊張と疲れからか余り語り掛けてくる者はいなかった。

やがて最初の夜が訪れた。

見上げれば満天の星空である。天の川がはっきり見えていた。

海面に手を差しいれてみれば、船が勢いを増して進んでいることが分かった。

二日目は多少風と波が強くなってきたこと以外は何も変わりはなかった。六人は方位磁石の方角から片時も目を離さなかった。ただひたすら北東の方角を誤らないことのみを考えていた。

見張りと舵取りが疲れると他の者と交代し、オラショを静かに口ずさみながら誰彼となく、眠りに落ちていった。

朝目覚めると、右舷のかなたに朝鮮国のかすかな山影が見えるものの、竹島と思える島影はどこにも見当たらなかった。仕方なく、北上することに意を決し、ひたすら北へ向かった。

一日中、北へ北へと懸命に艪を漕いで進んで行くと、急に遠浅の海になり、泥水のような海面に変わってきた。

「こん海の色は、変なかよ。まるで泥川だ」

「こげん浅瀬なのに、島影も、陸地も見えんばい」

長吉たちは、この海水面の急激な変化に肝を冷やし、急にこれまでの覇気がしぼんで不安に駆られ出した。

「帆ば下ろし、碇ば投げ入れろ」

と長吉が留五郎に命じて、自ら水深を測ってみると九尋（約十四メートル）しかなかった。

「どうもおいたちは進むべき方向ば間違えたごたるぞ」

「唐国の海に迷い込んだらしい。唐国には日本には無かとてつもなく大きな川があると聞いたことがある。おそらく、こん泥水はそん川の流れじゃろう」

と長吉が言うと、一同はすっかり怖気づき、不安気な顔付となった。

「長吉、戻った方がよかばい」

「戻ろうよ」

「みんな、早く野崎に戻ろうよ」

と、留五郎が言うと、横で艪を持つ鶴松も相槌を打った。一度弱気になると、当初の意気込みはすっかり忘れて、望郷と不安の念に駆られて重苦しい空気が船内を支配した。

当時の日本は開国したばかりで、これまで長い間の鎖国により国内に閉じ込められていた庶民は全く外国の事情に疎く、その地理的知識は皆無に近かった。

長吉たちは北東の日本海に浮かぶ小島竹島を目指していたつもりが、いつの間にか全く反対方向の北西に向けて進路をとっていたのである。彼らがたどり着いた場所は、北は遼東半島から南は済州島に至る黄海と呼ばれる海域だった。

対馬海流は五島の北方海域で日本海沿いに流れるルートと黄海を渤海湾に流れ込むルートに分かれる。おそらく、長吉たちは知らず知らずのうちに後者のルートに迷い込んでしまったのであろう。

そこは中国大陸の黄河から運ばれる大量の黄土により常に海の色は黄色く濁り、遠浅の海は巨大な三角州を形成し、どこまでも広がっていた。

彼らはその黄海の真只中に入り込み、しかも干潮の浅海に入っていることを知る由もなかった。

彼らはここにきて初めて進路に誤りがあることに気付いた。

しかし、帰るにしても、さっぱり進むべき方向が分からなかった。

長吉は決断を迫られていた。いまなら舵を南に切り五島に引き返せるかもしれない。

そんな長吉の不安を察したように舟森の弥八が、一同の不安を払拭するように言った。

「こんなことで引き返したら笑いものだ。何としても目指す竹島を見つけて帰るのだ。風向きは急に変わるけん、あと一刻もすれば丑寅（北東）に変わるに違いなか。それまで我慢たい。みんな信心が足りんぞ。デウスに波を鎮めてもらうのだ」

といってコンタスを突き上げた。

長吉より二つばかり年かさの弥八は、野崎島でも優秀な漁師として折り紙付きである。度胸の据わった働き者で、信仰心も篤く、島では村のリーダー的な存在である。

「分かった。あと一刻ばかり様子を見て、風向きが変わらなかったら引き返すことにしよう」

と長吉はみんなに聞こえるように大きな声で言った。

すると、長吉のそばにいた忠兵衛が立ち上がり大きな声で言った。

「長吉どんはこん波の音が聞こえんとか。ぐずぐずしていると船もろとも波に飲み込まれるぞ。五島に帰るしかなかばい」

と最年長の忠兵衛は満潮に変わる不気味な波の音を聞いて言った。

黄海は干満の差が激しいことで有名で、その差は七メートルに達する。潮が満ちてくると「ゴォー」と激流が押し寄せるような轟音をたてた。

長吉は暫く考えた末に、忠兵衛の意見を入れて竹島行きを断念し、一路五島に帰る決心をしたことを伝えた。

しかし、帰るにしても決しても、さっぱり進むべき方向が分からなかった。見渡す限り黄色く濁った海で、空の青と海の黄色以外の色彩がないのである。

しかも川の急流のように「ゴォー」「ゴォー」と不気味な音をたてる激しい潮の流れである。

途方に暮れ打ちひしがれていると、弥八が思いがけないことを言った。

「朝日の下は日本たい。昔から日本は日出ずる国というじゃなかか」

なるほどと一同すっかり感心し、神にもすがる思いで弥八の言に従うことにした。

このことから、船は舵を真東に切り、東へ東へと昼夜を問わず艪を交代で懸命に漕いで進むと、明け方前には朝鮮国と思われる陸地が眼の前にあった。

航行することすでに丸四日が過ぎたため、水と食料が乏しくなってきていたので、その確保のために上陸することにした。まだ夜が明けぬ間に密かに上陸し、注意深く周りを窺がっていると、白衣を着た朝鮮人の農夫二人が田の作業に行く途中に出くわした。岩陰に船を隠し留守役の二人を残し、四人ほどで上陸していたが、他の者は隠れて長吉一人がその朝鮮人に近づき、思い切って日本語で声をかけた。

「もし、日本に行くのはどの方面でしょうか」

と聞くと、問われた農夫は慌てふためき、傍らに繋いでいた馬に二人とも飛び乗り、逃げ去ってしまった。

呆気にとられていると、たちまち五十人から六十人くらいの村人が棒や鍬を手に追っかけてくるではないか。

「逃げろ」

「捕まったら殺されるぞ」

大声で長吉が叫ぶと、四人は争うように船を止めている海岸目指して走り出した。

運よく全員が岩陰に隠している船に乗り込むことができた。

帆を立てる暇すらなく、沖合を目指して懸命に艪を漕いで逃げ出した。やっとのことで沖に出て、追手が来ないことを確認すると、緊張の余り全員が放心状態で誰一人艪を漕ごうとする者はいなかった。

彼らはなすが儘に波間に漂いながら天を仰いで横になっていた。

「これもデウスのお導きたい」

長吉が独り言のようにつぶやくと、誰からともなくオラショを唱える声が聞こえてきた。

天にまします我らが御親
御名を尊まれ給え
御代きたり給え
天において思召すままなる如く地においても

あらせたまえ、我らが
日々の御養いを今日
我らに与えたまえ
我ら人に赦し申す如く
我らが科も赦し給え
我らがテンタサン（悪魔）に放し給うことなかれ
我らを凶悪より、逃がし給え
アーメン

漂流

追手の心配がなくなると、長い沈黙と恐怖が襲って来た。

気持ちが萎えて誰も口をきかないのである。

「こぎゃんなれば、簡単に知らん土地に行くのはあまりにも危険だ。これからは運ばデウスに任せて、五島目指して行けるところまで行くしかなかばい」

長吉がそう言うと、他の者は黙って頷くしかなかった。

それからは漂う船中の中でこれまで以上に必死でオラショを唱え、ひたすらデウスの救いを求めた。

いつの間にか海の色は青さを増しては来ているが、どこを見渡しても何もない見渡す限りの大海原である。

漂流五日目になると、風が急に強くなってきた。

南からの冷たい風が、乾いた音をたてて小さな帆柱をかすめていく。昼を過ぎたばかりなのに空はどんよりとした鉛色の厚い雲に覆われ、あたりは夕暮れのように暗くなってきた。

波は少しずつ高さを増し、海全体が盛り上がっていくようだ。

しだいに海の色も青さを失い、空を覆う雲の色と一体になってきた。

秋の十月前後の東シナ海は大風（台風）が最も多く吹く季節で、その大風に遭遇してしまったのである。

船尾で懸命に舵取りをしながら、大荒れの時化《しけ》の波頭を凝視している長吉は、自分の力ではあがなえない巨大な自然の力の前に無力であることを思い知らされた。島の漁師として多少の時化は経験しているものの、これほどの荒海を経験することはなかった。危険が刻々と迫りつつあることを、長吉は感じていた。波は小さな船の縁を乗り越え、すぐに水浸しとなった。六人は懸命に柄杓を手に海水を汲み出しているが、雨と波しぶきは容赦なく小さな船を水浸しにしていった。

夜の海は、本格的な時化模様となってきた。空は雲に閉ざされ、星の光はなく真っ暗闇である。風だけが「ヒューウ」「ヒューウ」と大きな音をたててうなりをあげている。暗闇の中、海上を見れば小山のように盛り上がった巨大な波が白い泡立ちを見せながら続々と押し寄せている。そうしているうちに雷《いなずま》が海面を走り、雷鳴がとどろき始めた。

後方から寄せる強い波に煽られて、舵の羽板がパタパタと音を立てている。舵を懸命に握っている長吉の体は全身ずぶ濡れであった。

「船は傷んではいないぞ。この時化が収まれば、また帆をあげて五島に引き返せるばい」と、弥八は長吉を励ました。それは自分自身の不安をかき消す言葉でもあった。あたりは深い闇が広がり、どこにも陸地の明かりは見えなかった。鋭い稲光が天を引き裂くように海に落ちていくのが見える。

暗闇の中で荒れ狂う波に翻弄されているうちに、次第に長かった夜の闇も徐々に薄らぎ、仲間の顔もおぼろげに見え始めた。その姿は丁髷の元結も解け、その髪が首に絡みついていた。

周りが明るくなると船が無残な姿に変わり果てていることに気付いた。巻き上げていた小さな帆は吹き飛ばされ、船尾の舵も波にはぎ取られていた。もはや、自力での航行は不可能となっていた。

「どうしたらいいんだ」

と、震える声で幸次郎が長吉に抱きついて来た。長吉は何も言わなかった。舵を失った船は、すでに船ではない。それは、風と波に押し流される浮遊物でしかない。

「大丈夫だ。まだ艪《ろ》が残っている。艪だけは流されるなよ」

長吉はしかりつけるように幸次郎に向かって叫んだ。

一晩中の浸水したあかの汲み出しで、身も心も限界に達していた。

その日も風は強く、前方からは白波をたてて大波が次々と押し寄せてくる。小さな船は、舳先を突き立てて波のうねりの上にのし上がると、次の瞬間には海中に吸い込まれるように波の中に消えていく。頭上を海水が川のように流れていく。

舵を失い安定をなくした船は、横風、横波をまともに受けるようになった。狭い船内に滝のように海水が流れ込んできた。

「このままでは船が沈没してしまう」

長吉はみんなをかき分けて船首に辿り着くと、そこから船の碇を降ろした。それは「たらし」と言われる昔から伝わる和船の安定を守る方法であった。このことから、船は船首からたらされた碇の重さにより、ゆっくりと向きを変え、舳が後方になって追い風を受ける形となった。急に船の揺れが少なくなり、波を被ることも少なくなった。しかし、胴の間は船の重心が低くなったことにより、大量の海水で溢れ一段と低下していた。全員でスッポンや柄杓、チョパゲ（瓢箪を真ん中で切った水汲み道具）で懸命に排出した。

日が暮れる頃になると急に風が収まり、大きな波のうねりを残すだけとなった。昨日よりは多少波のうねりが弱くなってきたような気がした。

夜になるとすっかり時化も収まり、大きな波のうねりを残すだけとなった。空には満天の星々が輝いていた。しだいに波も静かになってきた。大風が過ぎ去ったのである。

疲れ切った長吉たちは、狭い船内に身を寄せ合って、互いの体を温めた。

「いったいどうなるのだ」

と言う言葉が誰からともなく発せられるが、だれもそれに答える者はいなかった。

海難の危機が収まると、今度は忽ち食料が尽きてきた。そして猛烈な空腹と喉の渇きが襲って来た。水も食べ物も少なくなり、飢餓が忍び寄ってきた。激しい喉の渇きが襲って来た。鶴松や幸次郎が狂ったように船綱にしゃぶりついていた。挙句の果てには海水を口に含んでは白い胃液を吐き出して嘔吐を繰り返していた。

帆を失った船が南へ南へと流されて行っていることは太陽の位置や方位磁石からも分

かっていたが、起き上がって艪を漕ぐ者はいなかった。

船は北へ流れる黒潮のそばを逆流する大きな流れの中に飲み込まれていたのである。その中に入り込むと圧倒的な力で南へ南へと押し流される恐ろしい潮の道であった。

空腹と絶望の中で幽霊船のように漂いながら漂流していると、何かを思い出したように留五郎が立ち上がった。

「昔から、漂流中の漁師の心得というものがあっじゃなかか。海面に塵芥が浮かぶのを見ては、島が近くにあるのを知れというじゃないか」

それからは、絶望の中に一筋の光明を見出したように、来る日も来る日も、ただひたすら目を皿のようにして海面を見つめる日が続いた。

漂流十二日目の十月一日の昼過ぎのことである。精も根も尽き果てて、流されるままに死んだように横たわっていた。突然、若い幸次郎が立ち上がり、大声で叫んだ。船脇に竹竿一本と藁くずの二重に曲がった漂流物を見つけたのである。

「こっぱ見てみろ。こいは陸に近か証拠たい。今暫くの辛抱ぞ。みんな元気ば出せ」

と幸次郎が拾い上げた竹竿を手にして叫ぶと、一斉にみんなの目が幸次郎に向けられた。不思議なもので、絶望の中にわずかばかりの希望の光を見たように、みんなの目に精気があふれてきた。

四半刻（三十分）もすると、船首の前方に小さな島影が見えてきた。

「島だ」

幸次郎の指差す彼方に確かに島影のようなものが見えていた。それは淡くかすんで見えていたが、船が近づくにつれて、しだいに輪郭が明らかになり、はっきりと島であることが分かってきた。

「主よ。どうかあの島に船を導いてください」

一同は胴の間にひれ伏してデウスの御加護を祈った。

まぼろしか幻覚ではないかと思いながらも、必死で島影に向かって艪を漕いで近づいていった。

異国の島かも知れないと不安であったが、海が大荒れに荒れてきて、巨大なうねりが船の後方より押し寄せてきた。とにかく島にもっと近づいてみようと必死の思いで艪を漕いで近づくと、かなり大きな島で周囲は船を寄せ付けない断崖だらけで、深い緑に覆われた高い峰をもつ山が聳え立っていた。どこか船を寄せる場所はないかと探していると、西側の島影に大きな船柱が見えてきた。急いで船を漕ぎ寄せるとそこには小さな船着き場があった。その船着き場の近くに五百石もあろうかと思える大きな船が碇を下ろし停泊していた。

外国の船かもしれないと思いながらも、藁にもすがる思いでその巨船目指して懸命に舵のない艪を漕いだ。

極度の疲れと空腹により意識は朦朧としていたが、神の声に導かれたかのように渾身の力で艪を漕ぎ寄せた。

停泊中のその巨船に注意深く近づき、甲板上にいる数人の水夫に向かって、長吉をはじめ全員が両手を合わせて何回も何回も必死の思いで頭を下げ続けた。油断なく甲板の上から見下ろしていた水夫たちもどうしたものかと様子をうかがっていた。しばらくして水夫たちに害意があるようにみえなかったので、長吉は勇気を奮って、

「お願いです。助けてください」

と救助を求めたところ、船頭風の一人から、

「碇綱につかまれ」

と思いもしなかった日本の言葉で命じられた。そして盛んに自らの口を指して、

「めしは食べているのか」

と問われたので、一同慌てて首を横に振ったところ、巨船の船尾から小さな伝馬船を下ろし、一人の水夫が大きな飯櫃と水の入った桶を伝馬船に乗せて来て、長吉たちの船に横付けした。

「もう、大丈夫だ。安心なされ」

とその水夫はやさしく声をかけた。

「さあ、めしを食べなされ」

その水夫は親切そうに、やせこけた六人に向かって声をかけた。

「ありがとうございます」

長吉たちは何度も何度も頭を下げながら感謝の気持ちを伝えた。空腹の余り、意識は朦朧としていたが、体は自然に茶碗に盛られた飯に手が伸びた。味噌汁をぶっかけて急いでかき込んだもののの喉焼けしておりなかなか喉を通らなかった。

長吉たちは長い漂流により、顔中が潮焼けで真っ赤に日焼けし、月代も髪が伸びてボサボサになって、見るもみじめな姿になっていた。

「美味い。何とうまい飯だ。味噌汁がとろけるように甘いとは知らなんだ」

長吉たちは夢中で飯櫃を囲んで飯を掻き込んだが、各々目からは止めどなく涙があふれて止まらなかった。

「それにしても臭いな」

と水夫が冗談めいて言うと、長吉たちは思わず笑いながら互いの顔を見つめあった。

生き残ったことの喜びと安堵感が一人一人の笑顔に溢れていた。

最も安堵したのは船頭格の長吉だった。竹島探索を言い出した自らの責任と仲間の命が助かったことに心の底から安堵した。そしてみんなに悪いことをしたと悔いていた。

「ああー、すべてが神の思し召しだ。デウスのお導きだ」

長吉は、懐の十字架を力の限り握りしめていた。

上陸

腹が満たされると不思議なもので急に気力が蘇り、体中の鼓動が聞こえてくるのが分かった。漂流の恐怖から解放された安堵感に心が満たされ、これまでの悲痛な思いが吹き飛んだ思いであった。

「ここは何という国ですか」

と長吉が伝馬船に乗ってきた巨船の水夫に聞くと、その水夫は、

「ここは七島の国じゃ」

と答えた。

七島の国とは初耳で、いずれにしても唐の国の一部に違いないと思って落胆した。

「肥前の長崎はご存じですか」

と質問すれば、その水夫は頭を左右に振るのみであった。

ここは、とうてい日本の島ではないものと肩を落としたが、誰もこれ以上の漂流は望まなかったので、忠兵衛と幸次郎の二人を水夫が乗ってきた伝馬船に同乗させてもらい停泊中の巨船に向かわせた。

ここで初めて薩南宝七島（口之島、中之島、諏訪瀬島、平島、悪石島、子宝島、宝島の有人七島と臥蛇島、小臥蛇島、小島、上之根島、横当島という五つの無人島からなっている）。現在のトカラ列島の属島である臥蛇島《くじゃ》（昭和四十五年までは有人島）に漂着したことを知らされた。

トカラ列島は屋久島の南にある口之島から奄美大島の北に位置する宝島までの有人七つの島とその属島からなっている。

長吉たちは竹島目指して東へ東へと向かったつもりが、いつの間にか西へ西へと進み、黄海の奥まで進んだところで進路の誤りに気付き、五島に帰るべく東に舵を切ったが、荒海のなか完全に方向感覚を失い、やがて嵐に巻き込まれ、なすが儘に漂流したのである。

済州島の西をかすめ、五島の最西端である大瀬崎の沖を通り、男女群島の島影を見ることもなく、そのまま南へ南へと流された。南から北へ流れる黒潮の横を逆流する大きな流れに流されたのである。それは秋から春にかけて吹く北東季節風による大きな潮の流れで一昼夜に五十里も流されることがある危険な潮の道であった。

五島では昔から海で流されたら、先回りして薩摩沖で待つか、そこで見つからなければ土佐沖で待つと良いと言い伝えられている。いわゆる海の道である。

臥蛇島は、薩摩藩の支配下にあり、鹿児島城下を真っ直ぐに南に約二百六十キロメートル隔てた面積四・〇七平方キロメートル、周囲九キロメートルの島で、中央部に御岳（四百九十七メートル）が聳え立ち、海岸は十メートルから百メートルの断崖が続いている絶海の孤島である。

船から降ろされ、その島に上陸すると、足元がふらつきしばらくは真っ直ぐに歩けなかった。いわゆる陸酔いであった。島には民家が五軒ほどあり、屋根は茅葺で、建物の内部には畳を敷いている家はなく、ゴザのような草の繊維で編んだものを敷いていた。家の周りは高い石垣を一様に巡らしていた。島民は皆白い着物を着ており、頭部の髷の結い方も少し違っていた。

島には海が荒れたときの薩摩藩の避難施設があり、ここで八日ばかり風待ちし、体力の回復とともに、三十キロメートルばかり離れた七島の北端に位置する口之島に移された。

口之島も薩摩藩の直轄地で藩の船奉行の支配下にあった。津口（港）番所や異国船遠見番所が置かれ、鹿児島城下から派遣された在番と郡司によって島政が行われていた。戸数

二十二、面積十三・三平方キロメートル、周囲二十・三キロメートルの比較的大きな島（野崎島の二倍弱）で、島の南側に前岳（六百二十八メートル）の高峰が聳え立ち、港は島の北側にあり、近くに西の浜と口之島という集落があった。

冬は東シナ海から流れてくる海流が下七島付近で大きくうねるため、海の難所として古くから知られている。そのため秋から春にかけては渡航も覚束ない絶海の孤島であった。そのため南風が吹き始める春先まで、島に留まるしかなかった。

口之島集落にある清吉という島の人の家に世話になることになった。清吉はサトウキビ畑や芋畑を持ち、漁にも出る半農半漁の生活の人であった。茅葺の比較的大きな家の離れの一間に寝泊まりすることになった。

清吉さん夫婦をはじめ島の人からは親切に扱われ、どこに行くにも自由であったが、仕事らしい仕事もなく毎日が退屈な日々だった。

磯に出ては魚釣りや海藻拾いなどをし、たまに清吉の家の仕事の手伝いなどをして過ごした。

いつも六人打ち揃って行動し、朝な夕な向岳や前岳という高い山に登り、ひたすらオラショを唱える日々が続いた。島にはいたるところにカジュマルの木やオオシダが群生しており、冬でも温暖で、重ね着する必要はなかった。

集落の真ん中に「コウ」という湧き水の出る大きなため池があり、そこで体を洗ったり、洗い物や洗濯する場所となっていた。長吉たちも毎日のように暇つぶしを兼ねてコウに出向き、村の人たちとの話に講じた。ただ、キリシタンであることを悟られないように言葉使いだけは気を使った。

やがて年を越し明治二年の春風が吹き始めると、長吉たち六人は島の役人に呼ばれ、薩摩藩の在番である島司から津口番所で尋問を受けることになった。

口之島集落の入り口に薩摩藩から派遣された下級藩士の詰める小さな番所があった。琉球や奄美大島などから運ばれる黒糖や周辺の島々で生産される鰹節などの積荷のチェックが主な任務である。

六人はその番所の小さな庭に敷かれた蓆《むしろ》の上に座らせられた。漂流者と言えどこの当時はまだまだ犯罪者扱いであったことと、薩摩独特の余所者への警戒感から厳しい吟味となるものと思ったが、縄目を掛けられることもなく、扱いはいたって穏やかであった。

やがて、番所の六畳ほどの小さな座敷にこの島の島司や村役人が居並び、尋問が始まった。正面に島司が座り、その横には書記役の小役人と村役と思われる二人が座っていた。

島司　「おいが竹ノ内義三郎というこの島の島司でごわす。これから和ッコ共の吟味を行うので一人一人名を名乗れ」

長吉　「私は肥前の平戸の者で長吉と申します。生業は漁師でございます」

長吉に続いて弥八以下一人一人の名前と在所の場所さらには檀那寺の名前と庄屋の名前を聞かれ、家族のある者はその家族構成まで細かく記録された。

島司　「何のために国を出たのか」

長吉　「私どもは漁師で一緒に漁に出ていたところ、難破船に出会いそれを救おうとして船とともに流されました」

島司　「それはいつの事か」

長吉　「昨年の九月二十日の早朝に在所の港を出て、三日後の夕暮れ近くに難破船に出会いました。海が大荒れのなか、懸命に救助に向かいましたが、我々が到着する前にその船は沈んでしまいました。うねりが一段と大きくなり、強風が出て来て一昼夜ほど翻弄され続けましたが、やがて強風に吹き流されて漂流した次第です」

島司　「どこをどう漂流したのか。その間、救助の船には出会わなかったのか」

長吉　「朝鮮国の方に流されました。海の色が黄色く濁った遠浅の海に迷い込んでしまいました。何としても国に帰ろうとひたすら東を目指して舵を切ったところ嵐に巻き込まれ方向を見失い、漂流十二日目に臥蛇島にたどり着き救助されました。その間どこの船とも出会っていません」

島司「それは気の毒なことだった。しばらくすれば海も収まり、国許（薩摩）行きの船が来る。その船に乗りお前たちの国許に帰るがよい」

長吉「ありがとうございます」

番所の島役人は、長吉たちの供述をいちいち書面に書き留めて、その写しを長吉に渡した。

尋問の結果、一通り供述を終えた長吉たちは気の毒な漂流漁民として国許に送り返されることになった。

六人は百四日もの長い期間お世話になった清吉にお礼として、銀三分を紙に包んで渡そうとしたところ、不思議なことに島では未だお金というものを知らないらしく、

「これはいったい何に使うのか。この島では何の役にも立たない」

と言って受け取りを拒否された。そこで仕方なく、長崎で仕入れた方位磁石一個を渡すと、両手を合わせて拝まんばかりに喜んで受け取った。

この日本にいまだお金というものを知らない人々がいることが何とも不思議な思いがし

た。いずれにしてもあとは、帰国する船を待つばかりで、見晴らしの良い山に登っては野崎島での在りし日の想い出話を語り合い、オラショを唱える毎日を送った。

帰郷

二月末になると奄美大島や薩南諸島で収穫された黒砂糖などを満載した薩摩藩の船が久方ぶりに口之島の港に入った。待ちに待った国に帰る船である。「山川丸」というその船は五百石もある大型の帆船で、帆には薩摩藩の家紋が大きく描かれていた。船頭を含め十人程度の水主《かこ》が乗り組んでいた。船内には俵に詰められた黒糖が山積みされていた。長吉たちは身の回りの物と望遠鏡などの備品の他は持ち込みを許されなかった。最後に一人一人の名前と人別を確認されてから藩船に乗せられ、次の寄港地屋久島に向かった。

二月の東シナ海は大荒れで、半日以上かけてやっとのことで屋久島の北東部に位置する宮之浦港に入港した。宮之浦川の河口に開けた港で、港からは北東方面に種子島、北西には口永良部島の島影が見えた。大きい町もあり、とてもここが島とは思えなかった。

島全体が深い緑に覆われており、雲間の中にひときわ大きな山々がいくつも聳え立っていた。聞けば九州では最も高い山とのことで、ここにある屋久杉は樹齢千年を越したものがあり、高級建具の材料として人気があるとのことである。

海が荒れていたため屋久島に三日間滞在し、次の寄港地である口永良部島に向かった。口永良部島は屋久島の西方約十二キロメートルで、面積三十八平方キロメートル、周囲約五十キロメートルの大きい島である。活発な火山活動が繰り返されている火山島で古岳（六百二十六メートル）などから盛んに噴煙が見られた。全員これまで火山などは見たこともなく、火を噴く山に恐れおののくばかりだった。

集落は港のある本村が中心で、薩摩の下級武士も常駐していた。

長吉たちも本村の民家の離れに預けられて、ここでしばらく風待ちした。滞在七日目にして程良い風が吹いて来たのでいよいよ薩摩国の山川港（現指宿市）目指して出港した。海が時化ることもなくその日の夕刻には無事に山川港に入港した。港の西側には薩摩富士と称される開聞岳の優美でなだらかな稜線がそのまま海に落ち込んでいる姿がみられた。ここが九州本土かと思うと周りの山々が故郷を思い起こされた。山川港は別名鶴の港と言われ、大きく張り出た砂洲により、外海の波の侵入がなく、湾内は波一つなかった。港内にはさすがに薩摩の国の南の玄関口だけあって多くの回漕船や漁船が碇を下ろし停泊していた。

長吉たち六人にとっては、見るもの聞くものすべてが始めてのものばかりで驚きの連続であった。

日本にキリスト教を初めて伝えたフランシスコ・ザビエルが天文十六（一五四九）年にこの山川に上陸したことを知る由もなかった。

山川には船舶の出入りを改める藩の津口番所があった。長吉たちは番所の庭先に座らされ口之島で聞かれたことと同じことを重ねて尋問されたが、極めて穏便で形式的な取り調べだった。

取り調べが終わると、役人監視のなか錦江湾沿いの陸路を北へ向かい鹿児島の城下へと送られた。鹿児島城下まで十二里の道のりである。途中、藩指定の旅宿に二泊し、三日目には鹿児島城下に入った。錦江湾を隔てて煙を吐く雄大な桜島に驚かされた。城下は整然と区画され、さすがに薩摩七十三万石の大藩で維新の大業を成し遂げた威圧を感じる。城下を歩く人の姿はやたら侍の数ばかりが目立った。なかには髷を落としたザンバラで長崎で見たような靴をはいた侍の姿もあり、また筒袖に股引姿の足軽の兵卒も多くみられた。いずれの侍も堂々としており、中央政府に躍り出た意気込みが感じられた。

桜島を望む錦江湾沿いにある、船奉行所の役人から平戸藩宛のこれまでの経緯をまとめた吟味書を書いてもらい、下役人同道のまま陸路を再び薩摩の西の玄関口である阿久根港を目指して歩いた。阿久根は熊本藩との境近くにあり、やはり多くの船が停泊する賑やかな町であった。漁業が盛んな土地柄で、港には大小さまざまな漁船が停泊していた。聞けば、鰹節の一大産地とのことで、いたる所に鰹の天日干しがみられ、町中が鰹の生臭いにおいに満ちていた。

その阿久根から三十キロメートルほど北に行った熊本藩境に近いところに長島という島があった。北は天草諸島に面しており、薩摩領の最も北に位置していた。現在の鹿児島県出水郡長島町である。

長吉の曽祖父松太郎が五島久賀島での生活苦から家族を引き連れ逃れてたどり着いたところであった。しかし、ここでも生活苦から脱することが出来なくて、再び五島に帰って野崎島に定住することになった因縁の地であった。

不思議な由縁を持つ長島の村が身近にあることを思うと、一族の長い旅路の行く末を思わずにはいられなかった。

いくら信仰のためとはいえ、外海から五島へさらに鹿児島の離島へと安住の地を求めてあがき苦しみ、やっと野崎島に落ち着いたら、またしても今回の新天地を求めての苦難の旅路である。

「デウスはなぜに我らに安らぎの土地を与えないのか。なぜに何も語らず黙するのか」

長吉は死の淵をさまよった漂流中ずっとそのことを考えていた。

阿久根では運よく、乗船できる船が見つかった。たまたま長崎行きの船があり、荷物の積み込みを終え、これから出帆しようとしているところだった。薩摩の役人が、この船の船頭に話をつけてくれて無事に乗り込むことができた。薩摩阿久根港から長崎の東の玄関口である茂木港へは海路百八十キロメートルの距離である。船は順調に帆を進め、天草の西海岸沿いを北に進み、島原半島の小浜港に入港したときは陽も落ちようとしていた。

小浜は小さな漁師町であったが、雲仙岳の麓にあり古くから温泉宿でも知られていた。六人は上陸を許され生まれて初めて温泉風呂に入った。

「長崎は目の前の橘湾を渡ればすぐそこだ。よくもまあ、六人無事でここまで帰れたものだ」

風呂に浸りながら、年長の忠兵衛がしみじみと言うと、

「途中、何度も命はないものと思ったが、今となっては野崎島の暮らしでは絶対に経験できないことをいろいろ経験出来て不思議な思いだよ」

若い幸次郎が感慨深げに言うと、他の者も何度も頷きあった。

「こんな経験は誰でもできることではなか。よか五島土産たい」

唯一、五島魚目から加わった鶴松が自重気味に言うと、他の五人は気持ちが吹きされたように大きな声で笑った。

幕府の崩壊により、これまでのように長崎奉行に送られ、罪人扱いで百姓牢に入れられての執拗な取り調べがないことは、薩摩の役人から聞かされていたので、長吉たちはこれまでの困難も忘れたかのように旅の余韻に浸っていた。

その日は船中で一泊し、翌日の朝早くには長崎の茂木港目指して碇をあげた。

風向きもよく、穏やかな橘湾からは雲仙の普賢岳の荒々しい高峰が見えていた。そして海に面した小浜の温泉宿からは盛んに湯気が立ち上がるのが見えていたが、やがて遠くに霞んで見えなくなった。六人を乗せた三百石船は一刻もしないうちに長崎の東玄関である茂木港に入港した。

小さな港町であるが、有明海に面しており、小さな漁船が多く係留しており、密集した漁師町特有の活気を感じさせた。数軒の旅宿や商家も立ち並び、長崎の東の玄関口としての趣を感じさせた。

六人は、船頭の源蔵に何度も何度も頭を下げ、感謝の気持ちを現した。そして心ばかりの謝礼として銀の紙包みを渡し、大切に持って来た方位磁石を一つ手渡した。

「着いたぞ。着いたぞ。帰ってきたぞ。これこそデウスのお導きだ」

彼らは人気のない場所を求めて、心からのオラショを唱えた。

茂木から長崎までは陸路二里ほどである。六人の喜びは大きく、旅人が行き交う陸路を飛ぶように長崎の町を目指した。

もちろん、最初に訪ねるところは大浦天主堂のプチジャン神父である。

八ツ半（午後三時）には、天主堂の門前にたどり着いた。急いで門番に神父への取次ぎを頼んだ。プチジャン神父は彼らの話を聞き終わると非常に驚くとともに、心から喜んだ。

「五島では、あなた方が生きているとは誰も思っていない。もう、死んだものとして仮葬式をあげたと聞いている。この天主堂でも、あなた方のために死者のミサを献じたくらいです。一刻も早く帰って村人たちを喜ばせなさい」

と彼らのこれまでの労苦を心から労った。

一同は、サンタ・マリアの御像の前にひざまずき、改めてデウスの前に感謝の祈りを捧げた。

その夜は浦上の一本木にある甚三郎宅を訪ねて、一晩泊めてもらうことにした。

ところが、一本木の甚三郎宅を訪ねてみると、昨年の夏に高木仙右衛門等と一緒に津和野藩に流されており、家はもぬけの空だった。仕方なく、中野村の又市を訪ねた。

「こんばんは。又市さん。野首の長吉です」

と何度か雨戸をたたくが中からは何の返答もなかった。

おかしいと思い、しばらくしてまた雨戸をたたき名前を名乗ると、わずかに雨戸が開かれた。

「野首の長吉なら死んでしまったが、あんたたちは誰っか」

と言いながら暗闇の中でジーと見つめていた。

「おいたちは海で遭難して薩摩に流され、いま帰ってきたところたい」

と言うと、又市もやっと得心したのか雨戸が開かれ家の中に入れられた。

「びっくりしたな。生きていたのか。さあ、上がれ」

お互いこの数ヶ月間の出来事を夢中で話すうちに、すっかり夜も更けてしまった。

又市が言うには、浦上の三つの村でも檀那寺との関係を断って葬式を自分たちの手で行ったことにより、六十人以上の者が桜町や小島の牢に入れられ酷い拷問を受けたとのこと。村人はたまらずいったんは改宗したものの、村に戻ると良心の呵責に苛まされ、「改心戻し」を行って庄屋に再び届け出た。

「信仰を捨てて、心で苦しむより、どんな苦しみでも受けます。殺されるのも覚悟の上で申し上げています」

と届け出たのです。

その間、幕府は倒壊し、新たな時代が来るものと期待していたが、新政府はキリシタン禁制の高札をそのまま掲げ続けたのです。

新たな太政官政府によって、百十四名もの村人が各藩にお預けとなり、六月一日から順次中心人物を各藩に移送することが決まった。萩に六十六人、津和野に二十八人、福山に二十人、合計百十四名を長崎港から蒸気船に乗せて移送された。

「甚三郎さんは頭分として見做されたことから、他の村の主だった者と一緒に津和野に流された。

各藩にお預けとなった村人は、厳しい詮議を受け、酷い拷問を受けていなさるとのことだ。この苦しみにいつまで耐えられるかも分からない。まさに、村人の良心が切り離されようとしているのです。そして、今後も流罪は続くと考えなければならない。わしも再び捕縛されるであろう。浦上三千の村人がことごとく見知らぬ土地に配流されるとの噂だ。

噂では江戸から二百五十里以上離れた小笠原という島や山陰の隠岐の島沖にある竹島という無人島に流されるということだ。まるで我らは人以下の扱いである。

五島の方でも厳しい吟味が始まっているとのことです。あなた方もすぐに五島に帰って、今後の事を話し合っておくべきです」

と又市はこの数ヶ月間の世の中の動きをかい摘んで説明してくれた。

僅か半年の間にキリシタンを取り巻く情勢が大きく変わったことに慄然とし、何ともいえない不安に襲われた。

とにかく、五島に帰り着くことが先決で、翌朝早くに又市宅を辞すると大急ぎで大波止を目指した。

運よく上五島行きの便船を見つけて乗船することができた。その二日後には懐かしい故郷野崎島に帰り着いた。

時に明治二年四月十六日のことであった。

五島崩れ

長吉を含めた六人は一人も欠けることなく無事に故郷野崎島に帰り着いたものの、島ではすでに亡くなったものとして、戸主の仏壇には位牌が祀られ、西の浜の墓地には小さな墓石に戒名が彫られ、野の花が添えられていた。

長吉の兄で戸主の岩吉の家の仏壇にも、同じように小さな杉板に墨で書いた位牌が祀られていた。

野崎島では基本的に次男以下の分家（竈分け）は認められなかった。島であるため、絶対的な耕作面積に限りがあり、自由な分家は難しく、所帯を持っても戸主と同じ屋根の下で暮らすことが多かった。彼らはすぐさま六人の位牌すべてを焼き捨て、西の浜にある仏教式の立碑墓も戒名を削り取り、近くの海岸に投げ捨てた。

六ヶ月に及ぶ漂流と長旅は一人一人の信仰に揺るぎない精神と確固たる意思の力をもたらしたが、心の奥底ではこれからの先行きに対して一抹の不安もよぎった。

五島の方では弾圧の嵐が吹き荒れていると何人もの人から聞かされたが、どうすることもできなくて、できるだけ考えないようにしていた。

ひと月もすると、体は元の元気を取り戻し、それぞれ野良に出たり、キンナゴ漁やカマス漁に出たりと忙しく働きだした。小値賀の前方郷と野崎島の間の海峡は古くからキンナゴやカマスが回遊する絶好の漁場だった。

二ヶ月ほど経つと、笛吹や野崎でいろいろな噂話がささやかれるようになり、集落を見下ろす岩陰にはいつも誰かが見張っているような気配があった。

一見、何事もないような穏やかな日常が続いていたが、得体のしれない不気味な空気に支配されていった。

社人たちの住む野崎村との軋轢はますます陰湿になり、些細なことで叱責されることが多くなっている。沖ノ神島神社の例大祭の準備や、山の枝払いや林道の整備など、これまで氏子として各集落に作業割り当てが来たのに全く声が掛からなくなり、明らかに無視されていた。また、これといった医療機関のなかった地方では、いったん病気になると氏神である神社や檀那寺の祈祷に頼る以外に手段がなかった。その役割も病気平癒や日常生活での縁起や厄除けさらには安産祈願や大漁祈願といった庶民の様々な思いを託された。そこには迷信や非科学的な俗信に頼らざるを得ない貧しい庶民の生活があった。

古い由緒と篤い信仰を誇る沖ノ神島神社もそうした役割を持っていた。病人が出ると平戸や五島一円からそうした人々が小舟で乗り付けて神主の許を訪ね、その祈祷に頼っていた。

そのためか平戸や五島の名のある神主の生活ぶりは豊かで、上級武士並みの暮らしぶりであった。

そうした困りごとや病気快癒の願い事も全くできなくなり、野首と舟森集落は一段と孤立していった。

聞こえてくることは、切支丹の取り締まりにまつわる悲惨極まりない噂ばかりだった。特に、五島全体に吹き荒れている弾圧の嵐は凄まじく、耐えられない苦痛を伴ったが、何も寄る辺がない貧しいキリシタンたちはひたすら祈るしかなかった。

五島でのキリシタン迫害は、明治元年九月二十九日（旧暦）久賀島の松ケ浦から始まった。二十三人の信者が捕らえられ、海を隔てた城下の福江の牢に引き立てられた。

久賀島の血気盛んな若者は、時代の大きなうねりの中でキリシタンとしての立場を明らかにしようと、次々と長崎に渡り大浦天主堂で洗礼を受ける者も現れた。洗礼を授かった上は、もはやお寺の守札《まもりふだ》などは無用と八十戸ばかりの札を焼き捨てた。

その勢いで代官所に出頭し、これからはキリシタン宗門として生きていくとの願書を提出したのである。

「その方どもは天下のご法度であるキリシタン宗門を立てるのか」

五島藩の久賀島代官日高藤一から厳しい口調で尋問されると、

「左様でございます。今後は檀那寺との縁を切り、キリシタンとして生きていく覚悟でございます」

とあっさり答えた。

久賀島には、外海地方から移住してきた上平、細石流、永里、幸泊、外輪、大開などの開拓地に二百人からのキリシタンがいた。

翌日には、惣五郎、ウキ、キタ、エノおよびその子供常八らの着物をはぎ取り、裸体のまま海中に立たせ寒晒しに処した。寒空の下晒された惣五郎は、夜は代官以下の足軽が列座する中での取り調べとなった。

「邪宗門を捨てないのであれば、明日は肥壺に突っ込んで責めるがどうじゃ」

「どのようになされても捨てません」

「それでは、海に沈めて逆曳きにするがよいか」

「捨てません」

「横着な奴。斬って捨てるぞ。それでも構わぬか」

刀を抜き、惣五郎の胸元に突き付けて脅すが、惣五郎は少しも動じる気配がなかった。

「惣五郎。キリシタンを捨てれば、銭でも地所でもお前が必要なものは何でもやる。痛い目に合うより、ましではないか」

「何と言われても捨てません」

「横着な奴だ。その十手で打ちのめせ。どうしても捨てぬのであれば、明日からは地獄を見るぞ。どうする」

「どのようになされても捨てません」

案の定、翌日からはすさまじい拷問が信者に加えられた。

椿の木を三角に削り、横に三本並べておき、その上に正座させられ、その膝の上には五《ご》六石《ろくいし》が乗せられた。五六石とは、厚さ五寸、長さ六寸の石板である。膝の上にはこの五六石が一枚さらに一枚と重ねられて、息も絶え絶えとなるまで責められた。

惣五郎は余りの激痛に気を失いそうになった。

「これでも捨てぬか」

と言いながら責め役の足軽が、十手で強く背中を打った。それでも屈しないので、今度は真っ赤に焼けた木炭を手のひらに乗せ、火吹竹でもってプープーと吹出したため、炭火は惣五郎の手の中で赤々と燃えだした。

このような惨たらしい拷問がほかの信者にも年齢に関わらず行われた。

算木責めの他に青竹や鉄の十手で打擲されたり、婦人は裸のまま海に晒された。ボロボロにされた信者はそのまま狭い牢に入れられた。

五島藩は禄高僅か一万二千五百石ほどの小藩である。領地は九州の最西端の離島であり、それも平地は少なく山が海に迫る痩地が大半であった。その狭い領地を、明暦元（一六五五）年には、三千石を以て分知し、新たに富江藩を立てた。狭い領域の五島列島に二つの藩が並び立ち、藩運営は当初から厳しく、過酷な藩政が行われてきた。

厳しい藩財政の立て直しのために考えられたのが、大村藩からの移民政策であった。

寛政九（一七九七）年、時の領主五島盛運《もりゆき》は大村純伊《すみさき》に領内民を五島に移住させて欲しいと申し入れた。五島藩の公式記録を見ると、

「寛政九年藩主盛運《もりゆき》、大村の農民百八人を五島に移し、田地を開墾せしむ。五島は地広く人少なくして、山林未だ開けざるもの多きを盛運公憂い給い、この度大村侯に乞うてその

民をこの地に移し給う。これより後、大村の民この由緒を以て五島に移り住む者その数を知らず」

とある。

五島側から千人の百姓をもらい受けたいとの申し入れに対して、最終的には三千人の人が移住したのである。多くは、大村領の外海地方からの移民で、古くからの潜伏キリシタンの末裔であった。

「五島へ五島へと皆行きたがる、五島はやさしや土地までも」

という俗謡が今に伝わっている。

しかし、五島の土地は山々に覆われ、その山が海に迫る痩地ばかりで、僅かに残っている土地は旧来からの農民がいて入り込む隙がなかった。したがって新規の移住者はこれまで誰も住まないような僻地や山間部に入り、自ら土地を切り開くしか手段がなかった。

「五島は極楽、来てみりゃ地獄。二度と行くまい五島の島へ」

幕末になると五島近海を頻繁に異国船が往来するようになった。もとより、鎖国が始まって以来、幕府は五島藩に異国船監視の役目をも負わせていた。幕府の祖法を守るためには、海防上の重要拠点として守りを固める必要があった。そこで一国一城の例外として蝦夷の松前藩と五島藩に築城の命が下った。すでに財政は破綻していたが、築城により更なる財政負担がこの小さな藩に覆いかぶさった。足かけ十五年の歳月と述べ五万人に及ぶ人夫さらには二万両に上る工事費が重なり、藩運営は破綻し、領民には過酷な徴税が行われた。

当初は天守閣の計画もあったが、三方を海に面した海城で格好の艦砲射撃の対象となるため、急遽平城に変更している。しかし、明治五年には陸軍省に引き渡され僅か築城九年で城は解体された。

一方、分家の富江藩は幕末になると英邁な藩主が相次ぎ、将軍の側衆を二代続けて輩出し、積極的な藩運営を行っていた。外部から積極的に人材や物を導入し、製陶や製塩さらには新田開発と矢継ぎ早に行い、幕末のこの時期は最盛期を迎え、実質的には宗藩を凌駕していた。

表高三千石ながら、内高は一万六百石で、浦々から上がる運上金は千六百両に及んだ。また、人口も運上金四百両を千石と見積もると一万五千石余となり本家を上回っていた。

増え続け、慶応三年時点で一万八千人余に達していた。
一方の本家である福江藩は、表高一万二千五百石余と富江藩の四倍強であったが、打ち続く天災と福江城の築城費用などが積み重なり、借財二万両に及んで財政は行き詰まり、人口も二万九千人と停滞していた。そのため藩は藩士の窮乏を救うため、農家の娘が十五歳になると無休で三年間武家に奉公させるという全国に類を見ない悪政を強いていた。当時の娘たちの悲しい定めは唄にも残され、今に語り継がれている。

三年奉公じゃとケナイニャ（けなすな）奥様、家に帰ればみな娘
三年奉公じゃとケナイニャ（けなすな）奥様、朝は野にやり、昼にゃ山にやり
晩にゃ八つ（午前二時）まで物つかせ、さぞや奥様末よかろ、末はいざりになっはたせ（なってしまえ）
家中のトント（士族の息子）たちは、猫鳥（フクロウ）じゃろかい
昼は隠れて夜歩く（夜這い）

など、奉公に上がった娘たちの過酷な強制労働や身分制度に伴う理不尽な定めから、恨みにも似た悲痛な唄が残されている。

五島藩は幕末維新のどさくさに紛れて、何としても元の一万五千石に復したいと、財政豊かな支藩富江藩の吸収を企てたのである。薩摩藩を手掛かりとして主だった公家や有力諸藩に多額の賂《まいない》と陰謀をめぐらした結果、慶応四年七月三日には、弁事役所から呼び出され、議定大原左馬頭から次のような朝命が言い渡された。

「今後は富江藩には蔵米三千石を支給し、領地は五島飛騨守（盛徳）の支配とするので左様心得よ」

と驚天動地の朝命であった。

この朝命に富江君臣一同驚愕し、富江藩は存亡の危機に立たされた。

蔵米三千石では、家臣二百名をとうてい養っていくことはできず、藩を挙げての復領嘆願運動が起こり、後年富江騒動と呼ばれる大騒動に発展していった。

「福江を打て」

「郷村帳を福江に渡すな」

と領民は竹槍や鉈などで武装して町中を触れ回り、今にも福江方に攻め込むような緊迫した状況が続いた。

富江藩の騒動は中央政府にも聞こえ、明治元年十一月には長崎府の井上門多（後の井上馨）が来島し、直接領民の鎮撫に当たった。井上の来島の真の目的は、五島に数多くいるキリシタンの調査だったともいわれている。新政府は第二の島原の乱の再来を恐れたのである。

この富江騒動によって、久賀島の代官所役人や足軽は福江の方に引き上げ、狭い牢に押し込められたキリシタンたちはそのまま捨て置かれたのである。

牢の広さは、間口二間、奥行三間で六坪ほどの面積しかなかった。この急ごしらえの牢に男女二百人からの人々が押し込められたのである。中央部を厚い板で仕切り、男と女を区分けしていた。僅か六坪の空間に二百人からの人を無理やり押し込み、戸を閉め切ったため、その狭苦しさは言語に絶し、多くは人の体にせり上げられ足が地に着かなく、体の小さい子供などは宙に浮いたまま眠る有様だった。

食事は小さな蒸したサツマイモを朝に一切れ、夕に一切れ支給するのみであった。

牢内には便所すらなく、その不潔さと臭気により、目も当てられない有様となった。やがて、蛆虫が湧き、衣服を伝って体中を食い荒らされた。熱病に侵され、頭髪は抜け落ちた。子供たちは真っ先に天国に召された。

「私は先にパライソに参ります。お父さんお母さんさようなら」

かくも悲惨で、目を覆う有様が凡そ八ヶ月ばかり続いた。

牢内での死亡者三十九名、出牢後の死亡者三名を数え、主だった者全員が放免されるのは入牢から二年余りの事であった。

こうした久賀島の悲惨な有様は、野崎島にもキリシタンの連絡網により日を置かず届けられたが、長吉たちにはどうすることもできず、ただ祈るしかなかった。

五島でのキリシタン弾圧は、久賀島だけではなかった。福江島の奥浦や岐宿の水の浦や楠原さらに姫島でも激しい迫害が始まった。奥浦は、永禄九（一五六六）年ポルトガルの宣教師アルメイダが初めてキリスト教を宣教したところで、五島で最初に教会が建てられたいわば聖地と言われる村であった。キリシタン禁制の高札が降ろされるや、奥浦の堂崎教会に赴任したフランス人宣教師マルマン神父は、大泊の民家に「子部屋」という児童養護施設を作った。日本の児童福祉施設の先駆《さきがけ》である奥浦慈恵院の始まりである。

捕らわれたキリシタンはことごとく民家を改造した牢に閉じ込められて、連日のように算木攻めの拷問に苦しめられた。田畑は取り上げられ、住む家なく、食うものなく追い詰められて、ついには改心し血判を押したのである。改心したことにより、いったんは牢から出されたものの牛馬、穀類、家具、金銭に至るまですべてが地元の異教徒から持ち去られていた。

しかし、いったんは改心したものの代々受け継がれ伝えられた信仰というものは簡単に捨てられるものではなかった。すぐに檀那寺に改心戻しを届けたことにより、さらなる迫害を受けることになった。

五島藩による狂気じみた迫害は、その領分である上五島にも及んだ。

五島での最初の洗礼者であった桐古里のガスパル与作の村では、与作が伝道師として広く知られていたため父親がひどい算木攻めにあっている。責め苦は単に拷問だけではなかった。明治三年に庶民に名字が許されると藩の役人は意図的に下村、下田、下川といった「下の字」を着けてその人がキリシタンの一族であることが分かるような作為を行っている。

迫害は宿ノ浦、福見、樽見、頭ヶ島、鯛の浦、青砂ヶ浦、茂久里、冷水、曽根と続いた。鯛ノ浦では地元郷士四人による六人斬りという惨たらしい事件が起こった。五島全土に吹き荒れたキリシタン弾圧の嵐により、居着きと言われた村々の住民は親類縁者を頼り、ある人は平戸方面へ、さらにある人はより不便な孤島へと逃げて四散していた。

明治三年に入ると、各国の大使館や領事館でも明治新政府のキリシタン政策が問題となり、さすがに迫害の嵐も追々と下火となって、もう大丈夫と元の村に帰ってくる者もいた。

中田寅吉一家も避難先の平戸から鯛ノ浦に再び戻って来たばかりだった。一月二十七日の寝入りばなの時だった。四人の荒武者が提灯を手に刀を抜き身のまま持ち乱入した。一家の主人である寅吉はたまたま不幸があり不在だった。

「我々は新しい刀の切れ味を試しに来たのだ」

と言いざま、寝ていた友吉、コン、ヨネ、勇次、レツ、コンの胎児の都合六人を殺害した。下手人は新規に郷士に取り立てられたばかりの有川村郷士四人の若者だった。福江藩庁での取調べの後、六ヶ月後には有川村専念寺の前庭で切腹して相果てた。

曽根の迫害は、地元住民による私的リンチに近いものであつた。五島のキリシタンは大村藩の外海《そとめ》地方からの移住者で、元からいる地元民からすればいわば余所者である。そのため彼らが住む村は居着《いつき》きと呼ばれ、反対に地元民の村は地下《じげ》と言った。この居着きの人と地下の人々は常から交わることはなく、互いに反目しながら生活してきた。

やがて明治の世になり、それまで隠れるようにして暮らしてきたキリシタンの人々が、公けに信仰を打ち明けると、従来からの五島の人は徹底して彼らを排除しようとした。それは島特有の偏狭な排他性から、妬みや嫉妬心となって差別意識として現れた。封建制度の閉鎖社会の中で、人々の無知と貧困が人間性を歪め、五島藩という小藩が生き残るための悲劇と言うしかなかった。

野崎島は同じ五島列島に連なりながら、支配は平戸藩の領分であった。藩が異なれば、おのずとキリシタンの取り締まりも異なっていた。当初平戸領においては、五島藩のような凄まじい迫害はみられなかったが、やがて五島藩同様の厳しい迫害が始まった。

明治二年九月頃になると、野首の集落ではキリシタン宗門を念じているとの噂がしきりと聞こえてくるようになった。真偽を確かめるため、近く小値賀の檀那寺の和尚が渡って来るということで、集落全員で見通しの良い場所に見張りをたてて監視させた。

「来たぞ、和尚一人と三人の侍が乗っているぞ。いま舟森の岬を回って野崎に向かった」

長吉たちはすぐさまこのことを忠兵衛や弥八に注進した。

「今すぐ、仏壇も神棚も残らず取り壊せ。一ヶ所に取り纏めて焼き捨てろ」

若者たちは家々から仏壇や神棚さらには位牌など一切を取り除き、集落の中央部の広場に集めて滅茶滅茶に壊して焼き捨てた。

和尚と役人が野首の集落に来た時には、仏壇や神棚はすでに焼き払われた後であった。小値賀から来た役人は浦目付の坂本平蔵と名乗った。

「お前たちが邪宗門徒であることは、ここに明白となった。追って、沙汰があるまで神妙にしておれ」

と言うと、証拠品として焼却した灰を紙に包み持ち帰った。

しばらく何事もなかったが、十月六日には坂本平蔵をはじめとした浦役所の役人総出で出張ってきた。すぐに男子は忠兵衛の家の前に集められ、ことごとく縛り上げられ、小値賀の庄屋松瀬柳右衛門に預けられた。すぐに庄屋宅から野首宿に移され、そこで藁くずを敷いただけの土間に十日ばかり捨て置かれた。

そうこうしているうちに、今度は婦女子も残らず小値賀に連行されたため、野首と舟森の集落は無人の里になった。

当時、野首八戸、舟森七戸の集落で、信徒数は五十人ばかりだった。

同じように対岸の平戸領上五島仲知でも、十月八日には次々と捕らえられ、三十四名が船で小値賀に連れていかれ入牢させられた。

十日ほど経つと、先に入牢していた野首と舟森のキリシタンと一緒に平戸城下に移送された。男子は平戸藩庁の牢獄に、女子は中ノ崎の足軽長屋に収容された。

翌日から小川庵という寺院の裏庭に引立てられ、そこで激しい拷問が加えられた。

「キリシタンを捨てろ、やめぬか」

と責められると

「捨てませぬ、捨てませぬ」

「捨てれば楽にしてやるぞ」

「どんなことがあっても捨てませぬ」

と繰り返し、算木攻めに次ぐ算木攻めの責め苦に苦しめられ、青竹で力の限り打擲された。

長吉たちと一緒に大浦天主堂で洗礼を受けた舟森の岩助は小川庵の大きな柱に朝の八時から深夜の二時まで縛り付けられたため、岩助の手首から縄目の跡が生涯消えなかった。

また、舟森の幸次郎も一緒に竹島探索に行って苦楽を共にした仲間だったが、激しい算木責めにより平戸の牢内で獄死したので、その亡骸は俵に入れられ戸石川というところに埋められ、野崎に帰ることはなかった。

長吉や幸次郎と古くから付き合いのある仲知の栄吉は、とくに熱心な信徒であったため、拷問中何度も気絶するような残酷な責め苦を受けた。

拷問に次ぐ拷問から明治三年一月には、全員改心を申し立てたことにより（これを証明する公式文書は存在しないが、旧前方郷土誌他の資料は、全員改心したので釈放されたとある）、戸主と婦女子は釈放され帰郷が許されたが、次男以下の青年と未婚の女性はそれから三年余りも平戸の旧藩士の屋敷で無償の使用人として苦役させられた。

改心した戸主や婦女子が故郷の野崎島に帰ってみると、家は屋根と壁が残っているものの、家具も穀物も何一つ残っていなかった。海に出て魚を釣り、山に入って鹿を取ってきても、味付けの味噌や醤油など何一つなかった。鍋や茶碗もなく、アワビの殻を煮炊きに使う有様だった。皆異教徒が奪い去ってしまったのである。

教会堂の建設

明治六（一八七三）年二月、明治政府より出された太政官布告第六十八号により、キリシタン禁教の高札が撤去された。慶長十九（一六十四）年以来、実に二百五十六年ぶりにキリスト教が公認されることになった。

この信教の自由容認へと政府が舵を切った背景には、長崎の浦上や五島などのキリシタン農民による集団抵抗があったことが大きな要因だった。

しかし、晴れて高札が撤去されたものの、それはキリスト教を黙認したに過ぎず、二百五十年余に及ぶ封建制度の慣習は、すぐに変わるものでもなかった。

「其徒《そのやから》は元来……居着《いつき》者と唱え、諸国に所謂「入百姓《いりひゃくしょう》」の類で、従来の国人等は大いにこの徒を卑しめ、縁組は勿論、親睦をも結ばず、別種のものの如く取り扱われ候者にて云々」

と長崎府の公文書にある通り、相変わらず異質の者としての差別感情が長く残った。

弾圧の嵐が過ぎ、離島のそのまた離島という辺境の地で世間から忘れ去られたように静かに日々を送っていた野崎島のキリシタンたちにも少しずつ外部との交流の機会が増えてくるようになった。明治十年七月には、初めてパリ外国宣教会のマルマン神父が野崎島を訪れ、六十名を超える村人に洗礼を授けている。

そんな人々が求めたものは、自分たちだけの教会堂作りだった。

舟森集落には明治十四年、野首集落にも明治十五年には小さな最初の教会堂が建立された。

小さな教会堂とはいえ、信者にとっては先祖からの長い潜伏の時代の終わりを告げるものであり、新たな時代の始まりを意味していた。

舟森の教会堂は木造瓦葺平屋の建物で五坪九合の小規模な聖堂であった。この瀬戸脇教会は昭和四十年の集団離村するまで存続した。

一方の野首では、その後信者の増加で手狭になり明治二十三年、同四十一年と二回に渡って教会堂の建て替えが行われた。

野首の初代教会堂は、フランシスコ・ザビエルに捧げられたもので、女性水方のイザベルナ・オフジの所有地が提供された。次に、今に残るレンガ造りの教会堂は、明治四十一年にやはり女性帳方ロミニカ・シラハマ・スエが暮らしていた屋敷地を提供している。

いずれも女性の指導者の屋敷地が提供されている。

初代のオフジは岩五郎と言う人の妻であり、その長男は潜伏時代に大浦天主堂で洗礼を受けた六人の内の一人である岩助である。また、帳方スエが提供した土地は、スエが嫁いで暮らしていた土地の一部を提供したものである。

このように二人の女性が教会堂建設に深く関わっていることは、明治のこの時期あたりまでは、戸主は公けに信仰を表すことができなかった潜伏時代の慣習が色濃く残り野崎島独特の地域文化として根付いていたと思われる。

日本において正式に信仰の自由が認められたのは、明治二十二年発布の大日本帝国憲法第二十八条においてである。それによると「日本臣民は安寧秩序を妨げず、及び臣民たる義務に背かざる限りにおいて信教の自由を有する」という限定的なものであった。信教の自由は、神社の国教的地位と両立する限度内で認められたに過ぎなかった。

キリスト教も含めた各宗教の布教の自由が認められたのは、明治三十二年の内閣省令まで待たなければならなかった。

しかし、明治憲法下では本当の意味での信教の自由はなく、キリスト教に関わらず様々な宗教に対する弾圧事件が起きている。

真の意味での信教の自由は、戦後の新憲法発布まで待たなければならなかった。日本国憲法第二十条は「信教の自由は、何人に対してもこれを保証する。いかなる宗教団体も、国から特権を受け、または政治上の権力を行使してはならない」とし、信教の自由は、思想・良心の自由と同じように絶対的、無制約的に認められた。

明治四十年、隠れるように暮らしてきたキリシタンも、信教の自由を得て誰はばかることなく大きな声で聖歌を歌い、祈りを捧げることができるようになって久しかった。野首の人口も増え、その頃には十七戸を数えるようになっていた。

明治の弾圧の嵐を潜り抜けてきた長吉もすでに還暦を過ぎて、老いが日増しに目立ってきた。竹島探索を知る仲間は舟森の岩助だけとなった。

しばしば聞こえてくるのは、近隣の江袋や青砂ヶ浦では立派な教会が建ち神父様を迎えてミサに与り、祝日には盛大な祭儀が行われているということだった。

「何としても自分たちの立派な教会を持ちたいものだ」

白浜長吉と瀬戸岩助はことあるごとに集落の他の信者に話しかけた。

庶民に姓が許されると、野首の者は野首海岸の白い砂浜から全員「白浜」と名乗り、舟森の者は野崎島と中通島の間を流れる津和崎瀬戸から「瀬戸」と姓を名乗った。

教会堂の敷地は、帳方の白浜スエの敷地が選ばれた。そこは五島灘を見下ろす絶好の好立地だった。毎日のように敷地の整地に信者総出であたった。

しかし、教会堂の建設となると莫大な資金が必要となる。野崎島で細々とした一本釣り漁や海藻拾いのなどで稼ぐ金はたかが知れていた。自給自足に近い生活では、とうていそんなお金はなかった。

長吉や岩助は紋付き袴の正装で小値賀の有力者から資金を借り入れるため度々出向いたが、資金借り入れの目的が教会建設と打ち明けるとすぐに拒絶された。またまだキリスト教は邪教のイメージが強く、関りを恐れたのであった。

「こうなったら、何としても自分たちだけの力で聖堂を作ろうじゃなかね」

長吉は信者が一致団結してことに当たれば不可能はないと繰り返して訴えた。

「とにかく、この一年間はあらゆる困難や苦労は耐え忍び、自分たちだけの力で資金を作ろう」

とその期間を一年に限って訴え、皆の納得を得た。

手始めに集落全体で共同生活をすることによって、衣食住の無駄を省くことから始めた。大人は一日二食を原則とし、さらに大きなキビナゴ網を購入して総出でキビナゴ網代に出て網を引いた。また、その当時もっとも良い稼ぎは炭鉱勤めだったので、若者数人を松島や高島炭鉱などに出稼ぎに送った。

教会堂の建設を請け負ったのは、五島魚目村丸尾の鉄川与助という、当時独立したばかりの二十九歳の若者だった。

その頃、五島各地で教会堂の建設機運が盛り上がり、その中でメキメキと名前が知れ渡っていたのが鉄川与助という大工棟梁だった。鉄川にとってもレンガ造りの本格的な教会堂の建設は初めてのことであった。この当時、離島の中の離島である野崎島という戸数わずかに十七戸の集落で総額三千円近くのレンガ造りの聖堂建設計画は、驚きであった。

フランス人宣教師ペール神父から指導を受けた若き才能である鉄川与助の優れた意匠と建設技術によって、かくも辺鄙な孤島に忽然とカトリックの聖堂を完成させたのである。

建物は床面積二百八十平方メートル（八十四・七十坪）、床は矢筈張りの幾何学模様仕上げで、内部は中央とその側廊の三廊式で、柱は円柱である。天井はリブ・ヴォールト様式漆喰仕上げの柳天井である。ステンドグラスには五島を象徴する椿の花をあしらったもので彩られていた。五島の教会ではこの椿の花をデザインしたものが必ず彫られて飾られている。花弁は四弁で八重の椿と重なるようにデザインされた。椿の花弁の四枚を、十字架に見立てたのである。

椿は常緑の高木で、葉は光沢のある深緑、幹はなめらかで固く美しい。冬から春にかけて鮮血のような五弁の真っ赤な花を咲かせる。五島にはこの椿の原生林がいたるところに群生している。カタシといわれる実からは油がとれ、それは食用油や整髪油さらには皮膚病の塗り薬となり誠に貴重なため、五島藩では年貢の小物成りとして十五歳になると一人一升の賦課があった。

キリシタン宗徒にとっては、椿の花は悲しみの節（四旬節）を意味していた。花は蜜で溢れるのでメジロやウグイスなどの小鳥が集まり、子供たちも甘い蜜を求めてやってくる。女の子は落ちた椿の花を拾って花輪を作った。それを首に掛けてオラショ（祈り）をする道具（コンタツ）を作って大人が簡単なキリシタンの教義を教えた。

椿が五島のキリシタンゆかりの木として大切にされてきたのは、ひとえに江戸時代の初期に殉教したバスチャン様の伝説を代々語り継いできたからである。五島ではこの赤い椿の花を殉教の証として大切にし、教会建設のステンドグラスなどには必ず椿の花を意匠したものを飾った。

そのバスチャン様の伝説とは次のようなものであった。

その昔、バスチャン様が外海で布教活動していた頃、赤岳の麓にあった一本の椿の木に自らの指先で十字をなぞると、その木の表面に十字架の形がはっきりと浮かんできた。それ以来、この地方のキリシタンはその椿の木を「霊樹」とし、その椿が生えていた場所を聖地とした。やがて、キリシタンの弾圧はバスチャン様が隠れているところにまで及び、十字架の霊樹を役人たちが切り倒すという噂が流れた。村人は役人に切り倒される前に自分たちで切ったほうがましだと考え、夜間人目を忍んで涙ながらに切り倒した。大きな幹は近くの海に沈め、残りの木片は村に持ち帰り、小さな木片にして各家に配った。キリシタンたちはその小さな木片を信仰の証として大切にし、死者を葬るときも、その木片の一部を一緒に埋葬した。五島のキリシタンの先祖はその外海地方から五島の各地に住み着いていることから、代々バスチャン様の伝説が語り継がれてきた。

教会の外壁のレンガは長崎の唐人町のレンガ職人楠本為次の手で焼かれている。

当時の五島の聖堂は木造の日本家屋を改築したものが大半で、レンガ造りの本格的な教会は明治二十八年にフランス人宣教師アルベルト・ペルーによって建築された福江島の井持の浦教会ぐらいしかなかった。ルルドの泉水で知られる井持の浦教会が五島におけるレンガ造りの教会建設の始まりであった。

この野首教会建設以降、鉄川組による本格的なレンガ造りの教会が五島の浦々に建てられ、今日では入り江の奥にひっそりと建つレンガ造りの教会群が五島の観光のシンボルとなっている。

ちなみに野首教会完成に伴う工事代金の支払いは、一円の未払いもなく現金でその場で支払っている。

当時の村人たちの聖堂建設に捧げた犠牲と努力には感嘆するしか言葉がない。

野首集落と鉄川組が教会堂の建設について契約を交わしたのは、明治四十一年の正月も明けたばかりの頃で、完成はその年の十一月末だった。その大まかな概要は次の通りだった。

聖堂新築取立

着手日　明治四十一年旧正月
大　工　南松浦郡魚目村字丸尾　鉄川　与助
着手金　七百五十円
総　額　二千八百八十五円
完成日　明治四十一年十一月二十五日に献堂式終了
司　教　嶋田・中田・大崎・ベル・ヒューゼ・マタラ様
聖堂献堂式　大崎・中田様
総　代　白浜長吉
教　方　白浜金三郎
世話人　村中宿老　白浜弘二郎

以上

献堂式を済ませた総責任者の長吉の胸には、禁教時代からの弾圧の嵐とこれまでの苦難の歩みが走馬灯のように去来した。

「岩助さん、よくぞここまできたものだ。まるで夢を見ているようだ」

長吉は隣に座って、黙って酒を飲んでいる岩助に語り掛けた。

「目出度いのう、長吉さん。あんたがいたからここまで来たのだよ」

「おいは何もしとらんばい。ただ、デウス様を信じて教えを守ってきただけたい。汝の敵を愛し、汝等を憎む人を恵み、汝等を迫害し且つ誹謗する人のために祈れと言うじゃなかね」

岩助は黙って頷いて、おもむろに酒を一口あおった。

「岩助さん、現世での人の努力などたかが知れたものですよ。すべては神の差配の内にあるものだよ。生きている限り幸・不幸は避けようがないが、不運を不幸と受け止めたらだめだと思う」

「そうたいな。主の祈りにある通り日々の糧が得られることを感謝することが、結果的に自分がこの世に生かされていることへの感謝たいね」

岩助は神の恵みの中で生かされていることを疑わなかった。

「我ら神より福祉《さいはい》を受くるなれば、禍《わざわい》もまた受けざるを得んや」

長吉は聖書の一節を静かに口ずさんだ。

「それより岩助さん、今日は誠にめでたい日じゃ。あんたの自慢の『五島さのさ』を一節《ひとふし》唄ってくれんね」

明治の中頃になると、五島はマグロ延縄漁やサンゴ採取などの水産業が盛んになり、西日本各地の漁村から帆船と八丁櫓で漁場のある五島沖を目指し、大変な活況を呈するようになった。冷凍設備の整っていない時代には水揚げされた魚をいったん近くの港に卸す必要があり、そのため漁師は五島の港に入港し、夜はどこでも芸者衆が唄う「五島さのさ」が三味の音とともに賑やかに聞こえていた。下五島の富江や玉之浦の港には何百艘もの船が碇を下ろし、今では考えられない活況を呈していた。

「それでは一節唄うばい」

と言うと、手には小皿二枚をそれぞれに持って、「カチャ」「カチャ」と拍子を取りながら唄い出した。

情けなや～
　これが浮世か　知らねども（ハヨィーイヨイ）
同じ世界に　住みながら（ハーヨイショ）

一つの月星　西東　別れて
暮らすも　今しばし　さのさ

雨風に～
明けるその日の　身の切なさよ（ハヨィーイヨイ）
もう辞めましたよ　船乗りを（ハーヨイショ）
と言うものの　港入り　三筋の
声聞きゃ　辞められぬ　さのさ

唄うなら～
何が良いかと　問うたなら（ハヨィーイヨイ）
磯節　二上がり　三下がり（ハーヨイショ）
米山甚句も　良いけれど
五島自慢の　さのさ節　さのさ

「ほんにほれぼれする喉たいなー、岩助さんは」

長吉が岩助のさのさ節をほめると、岩助は懐かしむように昔話を始めた。

「洗礼を受けるために六人で五島灘を越えて大浦天主堂に行ったことがまるで昨日のように浮かんでくるよ」

岩助は四十年前の禁教時代に密かに長崎に渡り、新しくできた大浦天主堂で神父から正式に洗礼を受けたときの喜びを語った。

「あんときは嬉しかったなあ。忠兵衛・又五郎・岩助・留助・兼吉とわしの六人じゃった。マリア様の気高いことといったら言葉がなかったよ。ジワン神父から正式な洗礼を授けられ、天にも昇る気持ちだったなあー」

二人は眼下に浮かぶ五島灘の冬の海を見つめながら、静かに酒を酌み交わしていた。

「それからお前さんが、竹島探索に行くと訳の分からないことを言い出した。よくもまあ、覚悟を決めてどこにあるかも分からん竹島探索に出かけたもんだ」

岩助が竹島探索の話に触れると、長吉は何ともいえない思いに駆られた。わしがあんなことを言い出さなければ、みんなを苦しい思いにさせずに済んだと思うと何ともやりきれなかった。

「岩助さん、おいはみんなで穏やかに暮らせる新天地が何としても欲しかった。誰にも邪魔されずに静かに祈りの中で暮らせるそんな場所に行きたかった」

「それにしてもお前さんたちが七ヶ月ぶりに突然帰って来た時はたまげたよ。こっちでは六人もの働き手をいっぺんに亡くしたとそりゃ悲しんだものだ。あんときほどびっくりしたことはなかったよ」

「おいたちも必死だった。何としても野崎に帰ろうと毎日オラショをとなえていたよ。運がよかったのさ。これもデウスのお導きと思うと、一段と神への信心を深く考えるようになった。何事も神の思し召しのままだよ」

結果的に竹島探索は何の成果も得ることはできなかったが、みんなそれぞれに必死な思いで、それぞれの理想郷を求めていたことも確かだった。

「忠兵衛・鶴松・弥八・留五郎・幸次郎とわしの六人だった。わし以外はすべて天国に召されてしまった。特に同じ年だった幸次郎はかわいそうだった。平戸の監獄で責め殺されてしまった。今でもあいつの屈託のない笑顔が浮かんでくるよ。体は病弱であったが、どうせ死ぬなら監獄で死にたいといみじくも言った。あいつらしいよ。一人のキリシタンとして殉教を望んだのだ」

「あいつはいい男だった。同じ舟森で育ち、いつも一緒だった。どんな思いで死んでいったのだろうかのう」

岩助は遠く過ぎ去った昔を思い浮かべていた。

「ところで、岩助さん。お前さんも大層ひどい責め苦を受けた一人だがその後、傷の塩梅どうかいな」

「この通り、縛られた腕の縄目の跡は何年たっても消えんよ」

と言って岩助は、両方の腕の袖をめくって長吉に見せた。

「いくらご禁制の時代とは言え、同じ領民から侮蔑され、家屋敷の財産を奪われ、挙句は言語に絶する拷問を受けた。このことは決して忘れてはいけない。しかし、わしらはこの狭い地域でしか生きられないのも事実だ。わしはすべてを許そうと思っている。それが、デウスの教えだと信じている」

長吉は長い旅路の終わりが来たことを悟った。

先祖の松太郎が貧しさの中で、久賀島から薩摩の長島へと放浪し、流浪に流浪を重ねてやっとたどり着いた先が野崎島だった。一家で野山を切り開き、やがて野首に定住した。その後、外海からの移住者も増え、さらには舟森にも定住者が増えていった。

徳川の時代も終わり、大浦天主堂での信徒発見と続き、潜伏の時代も終わりを告げるものと信じていた矢先に五島崩れや浦上の全村流罪という大弾圧の時代となった。

五島でも多くの殉教者を出したが、浦上村では三千三百九十四人が西日本各地の藩に高札撤去までの五年に及ぶ期間流され、拷問や病気で死亡した殉教者は実に六百六十二人に及んだ。

この間、近代文明国を目標と掲げた新政府は、イギリス、フランスなどの西欧諸外国から激しい抗議を受け、外交問題化したことによりついにキリシタンご禁制の高札が降ろされた。この背景には、浦上や五島のキリシタン農民によるあくなき集団抵抗と夥しい犠牲があったことが大きかった。

明治六年のキリシタンご禁制の高札が降ろされると、やっと信仰の自由が声高に謳われると思っていたが、長い禁教下での慣習はなかなかすぐに消えるものではなく、狭い地域社会の中で本当の差別と蔑視が新たに始まった。

禁教時代は村を隔てて単に人と人との交際を断てばよかったが、明治の新時代となるとすべてが同質化し、否が応でも交流し交際しなければ生活そのものが成りたたなくなった。子供は学校に通学するようになり、青年になると徴兵検査があり、次男以下は嫌でも兵隊に行くしかなくなった。富国強兵の名のもとに、発展と効率が何より求められ、経済がすべてに優先されるようになった。

長吉は、どうしたらキリシタンとして心静かにそして魂を失わず過ごせるのかを思った。キリシタンにとって、魂を失うことは、教えを捨てて神から見放されることである。多くの人たちが進んで殉教したのも、魂を失うことへの恐れからであり、そのために神に一身を捧げたのである。

何百年もの差別と貧困のなか、信じることをけっして諦めなかった先祖の魂をこれからも伝えていかなければならない。

たとえ自給自足の貧しい暮らしでも、生まれ育ったこの島で畑を耕し、海に出て漁をする何気ない暮らしを繰り返し、その日その日を懸命に生きていくことに本当の幸せはあるのではないのか。そのための拠り所として立派な天主堂も作った。そしてこの天主堂をこれからも守り伝えていかなければならない。もう、何も望むものはないではないか。と長吉は何回となく心の中で自分に問いかけていた。

金銭や物への執着を捨て、清貧の中で祈りとともに生きる。これが先祖からのキリシタンとしての教えであり、そしてこの場所こそ本当の「パライソ」なのだ。

パライソや　白椿《びゃくちん》咲く　天主堂

長吉は、津和崎瀬戸を挟んで対岸に浮かぶ五島の島々を見つめているうちに、そんなことを考えていた。

おわり

参考文献

『小値賀町郷土誌』　小値賀町郷土誌編纂委員会 編（昭和堂印刷）
『小値賀諸島の文化的景観：野崎島キリスト教関連資料保存調査報告書』　長崎県小値賀町教育委員会
編（インテックス）
『小値賀町郷土誌抜刷』　北村良昭他
本町の歴史・町政の歩み・教育・自然・交通通信・電気・生活・宗教
『前方村郷土誌』　前方尋常高等小学校 編
『長崎県史』　長崎県史編集委員会
『拓かれた五島史』　尾崎朝二 著（長崎新聞社）
『潮鳴り遥か』　内海紀夫 著（梓書院）
『五島のことわざ』　松山勇 著（耕文社）
『富江町郷土誌』　富江町教育委員会（昭和堂）
『五島魚目郷土史』　西村次彦 著、西村次彦遺稿編纂会 編（西村朝江）
『五島列島キリスト教系家族―末子相続と隠居分家』　内藤莞爾 著（弘文堂）
『東シナ海と西海文化』　網野善彦 著（小学館）
『私の日本地図』　宮本常一 著（同友館）
『五島キリシタン史』　浦川和三郎 著（国書刊行会）
『長崎のキリシタン』　片岡弥吉 著（聖母の騎士社）

『日本キリシタン殉教史』　片岡弥吉 著（時事通信社）
『五島のクジラとり物語：有川湾を舞台にして』　辻唯之 著（長崎新聞社）
『小さな島の明治維新：ドミンゴ松五郎の旅』　若城希伊子 著（新潮社）
『五島崩れ』　森禮子 著（里文出版）
『キリシタン海の道紀行：馬渡島 壱岐 国東半島 川棚・波佐見・大村 野津・臼杵 小浜・北有馬・口之津・加津佐 西彼杵半島』　森禮子 著（教文館）
『血と涙と信仰の島　五島列島その昔』　木場田直（自費出版）
『天主堂建築のパイオニア・鉄川與助：長崎の異才なる大工棟梁の偉業』　喜田信代 著（日貿出版社）
『潜伏キリシタン：江戸時代の禁教政策と民衆』　大橋幸泰 著（講談社学術文庫）
『仏教抹殺：なぜ明治維新は寺院を破壊したのか』　鵜飼秀徳 著（文春新書）
『はぐれ雀』　中嶋隆 著（小学館）
『ボニン浄土』　宇佐美まこと 著（小学館）
『バタン漂流記：神力丸巴丹漂流記を追って』　臼井洋輔 著（叢文社）
『飛族』　村田喜代子 著（文芸春秋）
『礫』　吉村昭 著（文春文庫）
『漂流』　吉村昭 著（新潮文庫）
『沈黙』　遠藤周作 著（新潮文庫）
『最後の殉教者』　遠藤周作 著（講談社文庫）

竹山　和昭（たけやま　かずあき）

1953 年　長崎県五島市に生まれる。
大学卒業後、日本製鉄の子会社入社。（現日鉄興和不動産）
定年前に早期退職し、東京で不動産会社経営。
現在は、茨城県牛久市で障害者や児童向けの特定相談事業所を運営し、
障害者福祉と自然農業に取り組んでいる。
著書　『八幡船』（昭文社）
　　　『二人の流人』（風詠社）
　　　『勘次ヶ城物語』（風詠社）

パライソの島

2021 年 6 月 6 日　第 1 刷発行
2021 年 7 月 27 日　第 2 刷発行

著　者　竹山和昭
発行人　大杉　剛
発行所　株式会社 風詠社
〒 553-0001　大阪市福島区海老江 5-2-2
大拓ビル 5 - 7 階
Tel 06（6136）8657　https://fueisha.com/
発売元　株式会社 星雲社
（共同出版社・流通責任出版社）
〒 112-0005　東京都文京区水道 1-3-30
Tel 03（3868）3275
装幀　2 DAY
印刷・製本　シナノ印刷株式会社

ISBN978-4-434-29040-4 C0093